세월의 숲

국립중앙도서관 출판예정도서목록(CIP)

세월의 숲 : 박남순 수필집 / 지은이: 박남순. -- 서울 : 선
우미디어, 2014
　p. ; cm

ISBN 978-89-5658-378-5 03810 : ₩12000

한국 현대 수필[韓國現代隨筆]

814.7-KDC5
895.745-DDC21　CIP2014028597

세월의 숲

1판 1쇄 발행 ｜ 2014년 10월 10일

지은이 ｜ 박남순
발행인 ｜ 이선우
펴낸곳 ｜ 도서출판 선우미디어

　　　　등록 ｜ 1997. 8. 7 제305-20104-000020호
　　　　130-100 서울시 동대문구 장한로12길 40, 101동 203호
　　　　☎ 2272-3351, 3352 팩스: 2272-5540
　　　　sunwoome@hanmail.net
　　　　Printed in Korea ⓒ 2014. 박남순

값 12,000원

ISBN 89-5658-378-5 03810

세월의 숲

박남순 수필집

선우미디어 sunwoomedia

출간을 하며

뿌려진 씨앗을 방치한 농부의 심정이었습니다.

풍성한 글밭을 가꿔내진 못했지만 여러 해 동안 노심초사 했습니다.

첫 수확이지만 풍요롭지도 알차지도 못하고 제대로 여물지 못한 열매를 거두는 것 같아 부끄럽습니다. 그러나 이렇게라도 거두어야 새로운 파종을 할 것 같아 용기를 냈습니다.

문학이라는 길동무가 인생길에 있음에 행복합니다.

수필을 만나 인생을 더 아름답게 사는 법을 알게 되었습니다.

세상을 제대로 보는 마음의 눈과 귀를 가지려 노력하게 되었습니다.

자연 속에서 만나는 들꽃 한 송이, 풀벌레 한 마리도 더 귀하게 여겨집니다.

어릴 적 꿈이었습니다. 막연하던 꿈을 이루게 해주신 하나님 감사합니다.

수필이 무엇인지, 수필가는 글과 행동이 같아야 된다고 가르쳐 주신 노정 박광정 선생님 감사합니다. 글에 품성을 담고 전문성을 살리고 인생을 알차게 가꾸기를 일러주시며, 부족한 글 서평까지 해주신 정목일 교수님께 깊은 감사를 드립니다. 함께 글동무가 되어주는 '글빛나래' 동인들이 있어 든든합니다. 매 주 수필의 진수를 알게 해 주는 '목우수필문학회' 회원님들 감사합니다.

엄마의 글쓰기를 자랑스럽다고 격려해주는 딸 손효진, 사위 심 우필에게 감사하고, 멀리서 박수를 쳐주는 아들지용과 며느리 박 미진에게도 고맙기 그지없습니다. 내 삶의 엔도르핀인 현재, 현수, 미나, 현승아 사랑한다.

덜 여문 글이지만 언제나 박수쳐 주는 영원한 동반자 손승주님 고맙습니다.

이 수필 속 한마디라도, 읽는 분에게 위로와 즐거움이 된다면 더 없는 영광이겠습니다.

2014년 가을

저자 박남순

| 차례 |

4부 그 명성 그대로

5부 까치의 집

9

뿌리 깊은 나무

마음의 지기(知己)

.
.

　햇살이 눈부시다.

　이른 장마라며 며칠째 호령하고 질금거리던 날씨가, 아파트 단지의 신록을 더욱 생기 있고 윤기 나게 만들어 주고는 환하게 빛나고 있다.

　베란다 건조대에서 뽀송뽀송하게 마른 빨래들을 주섬주섬 걷으며 오랜만에 여자의 행복에 빠져본다. 초보주부시절 단독주택 마당에 하얀 기저귀를 가득 널어놓고 뒤돌아보면서 뿌듯해하던 행복감이 새삼 그리운 날이다. 바구니 가득 안고 들어온 빨래를 종류별로 차곡차곡 개어 놓으며 오랜 세월 즐겨 입던 빛바랜 북청색 티셔츠에 마음이 갔다. 그 곱던 색깔은 희뿌옇게 바래지고 앞자락에 막 피어날 듯 수놓인 몇 송이의 꽃은 생동감을 잃어 버렸으며 허리선을 날씬하게 감싸주던 탄력 있던 옷감은 헐렁하게 늘어나 있었다. 이 옷을 사던 날을 기억할 만큼 늘 애착이 많았다. 입고 외출을 하면 누구든 어울린다, 예쁘다 해주던 옷인데, 어느새 십여 년의 세월이 이렇게 만들어 놓았다.

사람들은 일평생을 살면서 몇 벌이나 되는 옷을 자신을 위해서 준비할까. 아이가 태어나면서 배냇저고리를 부모에게 처음으로 받아 입는 것을 시작으로 스스로 장만하든 누구에게서 받아서 입든 자신을 거쳐 가는 수많은 옷이 있게 마련이다. 게다가 이 세상을 떠날 때쯤이면 수의(壽衣)까지 미리 장만해야만 직성이 풀리는 우리민족이 아닌가. 그러니 이 많은 옷들을 다 기억하기는 어려울 것이다. 그럼에도 어려서부터 마음속에 아련히 남아있는 추억의 옷이 몇 벌쯤은 있지 않을까.

나에게도 추억의 옷이 있다. 늦둥이로 작은오빠와는 여섯 살 터울이다. 1950년대 넉넉지 못한 살림의 부모님은 대여섯 살 때쯤 어렴풋한 기억이지만 오빠의 옷을 입게 하셨다. 여자아이를 사내아이의 까만 교복 같은 옷도 입히시고, 때론 솜을 잔뜩 넣어 만든 솜바지도 입혀 주셨다. 선택의 여지가 없으니 옷이 맘에 들지 않아도 투정 없이 그 옷을 입고 다니며 말괄량이처럼 사내아이들과 잘 놀았던 것 같다.

학교에 들어갈 무렵 시집가는 언니가 신부수업용으로 만들어

준 보라색 치마에 노랑저고리 한복을 명절이 오기도 전에 수없이 입어서, 막상 명절에는 땟국물이 줄줄 흐르는 옷을 입었던 기억이 생생하다.

초등학교 3학년 때 어머니는 양재(洋裁)를 배우던 동네 친척언니에게 부탁해 포플린 꽃무늬 원피스를 만들어 주셨는데 난 태어나서 그렇게 예쁜 원피스를 처음 입어 보았다. 헐렁하던 그 옷이 몸에 꽉 끼는 껑충한 옷이 되어도 봄부터 여름까지 그 옷만을 즐겨 입었다.

수도자처럼 옷 두어 벌이면 만족해하는 우리네 인생이 아닌지라 옷을 철마다 해마다 장만하려고 애를 쓴다. 마음의 눈을 멀게 하여 충동구매를 했던 옷도 있고, 체면을 유지하기 위해 평상시 자주 입을 수 없는 옷을 사다가는 장롱지기를 만들기도 한다. 게다가 사다놓고 마음에 들지 않는다고 몇 번 입어 보지도 않고 옷장에 모셔둔 것도 있다. 장롱과 서랍장은 정리에 또 정리를 해도 늘 터져 나갈 듯 인간본성의 한계를 보게 한다.

이 정든 티셔츠는 백화점 매대(賣帶)에서 왕창세일을 하는 압사 직전의 물건이었는데도 오랜 시간 만족감을 주어 지금도 버리지 못하고 입고 다니지만, 좀 비싸다 싶었는데도 날씬한 마네킹의 옷맵시에 반해 사버린 화려한 구슬이 달려있는 빨간색 원피스는 장롱에서 몇 년 동안 빛을 못 본 채 제구실도 못하고 있다.

여고시절, 늘 단짝으로 붙어 지내며 수많은 꿈을 함께 꾸었던 어릴 적 친구는 세월이 흐르며 차츰차츰 장롱 속에 갇힌 옷처럼 추억의 친구가 되었는데, 불혹(不惑)이 넘은 나이에 같은 취미로 만난 한 친구는 내 일상의 사소함도 나누며 산다. 때론 거울 앞에 마주 앉은 것처럼 같은 생각을 나누고 서로에게 구심점(求心點)이 되어가며 하루가 멀다고 정을 듬뿍 쌓아가는 편안한 옷 같은 존재가 되었다.

그렇다면 자주 만나는 사람들에게 난 어떤 처지의 옷일까. 그리고 인연이 닿아 있는 모든 사람들에게 어떤 옷일까.

어떤 사람에게는 한 번 입고 장롱에 걸려 있는 불편한 옷 같은 사람이기도 할 것이고, 또 누구에게는 매일 찾아 즐겨 입는 정겨운 옷 같은 사람이기도 할 것이다. 쉽게 혹하여 사다놓고 바로 싫증나서 그냥 잊혀진 옷 같은 존재이기도 할 것이다.

모든 옷이 하나같이 소중한 추억을 간직할 수는 없겠지만 잘못 만나 후회스러운 옷은 아니면 좋겠다.

오래오래 빛바래고 헐렁한 옷일지라도 옆에 두기를 원하듯 서로에게 그런 편안한 마음의 지기가 된다면 더 바랄 게 뭣이 있겠는가.

(2009.)

뿌리 깊은 나무

:

아침부터 창으로 넘어온 햇살이 따갑다.

지난밤 창문을 두드리는 바람소리가 비를 몰고 올 징조로 느껴져 촉촉한 아침을 기대하며 잠자리에 들었는데, 오늘도 변함없이 들끓는 태양이 야속키만 하다.

벌써 백 일째 시원한 비 구경을 못하고 있다. 백 사년 만의 봄 가뭄이라는 기상청 발표가 있었다. 가끔씩 오르내리는 봉화산에 작은 나무들이 목말라 시름시름 처져있고, 등산로 따라 사이좋게 어우러져 오가는 이에게 고향의 뒷동산에 온 듯 반겨주던 들꽃은 누렇게 말라버려 마음이 심란하다.

농촌에서는 가을에 수확할 작물이 뿌리를 내리지 못해 타들어가고, 생산을 앞둔 마늘과 감자는 예년보다 수확량이 턱없이 적다고 하며, 겨우 자란 작물도 볼품없게 자라 제 구실을 못한다 한다. 저수지가 마르고 큰 호수의 바닥도 보인다. 폐사 직전 갯벌의 어패류가 숨을 헐떡이며 입을 벌리고 있다. 연일 보도되는 가뭄피해를 보며 덩달아 마음도 메말라 까칠해지는 듯하다.

나는 농부의 딸이다. 부모님은 약간의 논농사와 밭농사를 지으며 근근이 살아 가셨다. 하늘만 쳐다보는 천수답을 가진 우리 집은 가뭄이 들 때면 양수기도 없던 시절이라 손으로 물을 퍼서 모내기를 하고, 그 논에 물을 대느라 아침저녁으로 고생을 하셨다. 가뭄에 타들어 가는 밭작물에 목을 축여줘야 할 때는 어린 나에게도 양동이에 물을 길어오게 하셨다. 농지에 풀풀 날리는 흙먼지만큼이나 부모님의 마음도 타 들어 갔을 것이다.

올해의 가뭄을 보며 내 부모의 기도소리가 들려오는 듯하다. 가난하고 조촐한 농부의 삶이지만, 늘 자식들에겐 화목한 모습을 보여주시려 애쓰시고, 언제나 뿌리 깊은 나무처럼 묵묵히 자연에 순응하며 살아가셨다.

오늘 아침, 외출 준비를 마치고 아파트 현관을 바삐 나가다 말고 걸음을 멈췄다. 경비 절감을 한다며 인력을 반으로 줄여 경비실이 비어 있는지 두어 달, 몇 해 동안 풍성하던 꽃밭을 주인처럼 돌보던 이가 자리를 비우고 가뭄까지 겹친 이중고에 꽃나무들이 축 처져 고사 직전이다.

가던 길을 멈추고 빈 경비실에서 도구를 찾아 물을 흠뻑 주고 나니 꽃나무들이 차츰 숨을 몰아쉬고 있다.

볼일을 마치고 들어오는 저녁시간, 그 꽃밭은 아침보다 조금은 생기가 돌고 있다. 메마른 땅바닥에 붙어버릴 듯 아이 한 뼘만큼만 자란 봉숭아꽃이 간신히 몇 송이 꽃을 피워냈다. 연약하게 꽃대를 겨우 세운 백일홍도 애살스럽게 한 송이 꽃을 피워놓고선 고개를 떨구고 있다.

작년까지 호사를 누리던 꽃나무들이 애지중지 돌보는 손길도 없고, 주민들의 홀대와 날씨마저 보태주니 새들어진 모습으로 제 구실을 하느라 안간힘을 쓴다. 그나마 뿌리가 깊이 든 나무는 생기를 조금씩은 잃고 있어도 의연한 자태를 보이지만, 뿌리가 얕게 박힌 꽃나무는 하루하루를 어렵게 버티는 듯 보였다.

인간사도 다 그런 것이 아닌가 한다. 자신의 자리를 굳게 자리 잡은 사람과 언제나 바람 앞에 등불처럼 사는 사람도 있다.

책임의식, 주인의식은커녕 어려움이 닥치면 숨어버리고 나 몰라라 하는 비굴한 사람, 제 입장만 생각하고 나 아니면 안 된다고 우기는 독선자도 있는가 하면, 이도저도 아닌 구경만 하는 듯 보이는 방관자도 있다.

고난 속에서도 제 몫을 하겠다고 어렵사리 꽃을 피워내는 생명력이 새삼 경이롭다. 나와 다른 것은 틀렸다고 상대의 목소리를 도통 들으려 하지 않고, 이기심만 내세우며 와글와글 시끄러운 인간들의 무능함을 나무라듯 이 고난 속에서 서로 양분을 주고받으며 피워낸 여린 꽃을 보니 숙연해진다.

문학이라는 동네에 아직도 튼실한 뿌리를 깊이 내리지 못해 마음이 공허한 요즘이다.

잰걸음을 잠시 멈추고 그 작은 요정들과 눈을 맞춰 본다.

'너의 그런 단단하고 야무진 모습을 닮고 싶고, 아름다운 글로 사람들의 마음을 부드럽게 보듬고 싶고, 뜨거운 태양 아래서도 그늘을 만들 수 있는 뿌리 깊은 나무로도 자라고 싶다.'고 중얼거렸다.

여린 꽃들이 나에게 말을 걸어온다. 언제나 깨어서 살란다. 지금보다 더 부지런히 세상을 밝은 눈으로 보라한다. 양분을 가득 담을 그릇을 갈고 닦으라 한다. 더 자주 명상하며 자신을 돌아보란다. 세상에 흩어진 빛나는 어휘를 소중히 모아올 맑은 마음과 밝은 눈과 순한 귀를 가지려 노력하란다.

이왕에 들어선 동네이니 즐겁게 하라고 한다.

(2012.)

첫 번째 독자

·
·
·

오늘 K선생님의 수필집이 나왔다.

연륜이나 필력 그리고 그분의 정열적인 성품으로도 첫 수필집이라는 말이 놀라웠다. 작자의 겸손이려니 했는데 사연이 있었다.

오래전 가까운 친구 집을 방문 했을 때, 마침 배달된 책을 두고 친구의 푸념이 오랫동안 수필집 내기를 주저하게 했단다. 그 친구는 옆에 있는 작가가 수필을 쓰고 있는 것도 모르고, 지나는 말로 책을 너무 쉽게 낸다며 공해라고 하였다 한다.

심사숙고 끝에 낸 책이라 그런지 그분의 다양한 경험과 인품이 묻어 있는 수필집을 단숨에 푹 빠져 읽었다. 그분께는 내가 첫 번째 독자는 아니겠지만 고희를 훌쩍 넘기고도 젊은이 같은 활기가 느껴지고, 세상을 훈훈하고 성숙하게 사는 삶을 닮고 싶은 마음을 메일에 담아 독자의 몫을 방금 하였다.

수필이란 자신의 얼굴이다. 거짓이 있을 수 없는 글이다. 수필은 작가의 심성과 정신이 들어있다. 그래서 수필집 한 권만 읽으면 오랜 지기가 아니라도 가까운 느낌을 갖는다. 작가의 주변이야기를 통해 속내를 다 보여주는 글이지만 감동과 교훈을 주기도 하는 교술 문학이기도 하다.

나도 꿈으로 끝냈으면 좋았을 알량한 재주로 글을 쓴다며 안간힘을 쓰고 있다. 스스로 안쓰럽고 한심스럽기도 하지만 그래도 포기하지 못하고 문학의 언저리를 맴돌고 있다.

그럼 내 글에 독자는 있기는 한가. 그럼 누구인가? 고맙게도 그런 분이 있다. 바로 시어머님이시다.

나도 아직은 개인집 내기를 주저하고 있지만 동인지나 어느 문학지에 내 글이 실리면 제일 먼저 어머님께 드린다. 그러면 그날로 다 읽으시고 바로 전화를 걸어 세상에 없는 칭찬으로 부족한 며느리의 재능을 북돋아 주신다.

스무 살 꽃다운 나이에 오라버니의 간곡한 권유로 맞선을 보고, 측은지심으로 내 남편의 새어머니가 되시었다. 어미 잃은 전실 자식들과 시샘 많은 양가, 생가의 두 시어머니를 모시며 수많은 세월동안 당신의 어려움과 아픔을 일기로 풀어 가셨다 한다. 대종가의 종부로 어렵게 살아오며 누구에게도 하소연할 수 없는 사연을 글로 풀어 놓으신 어머님은 어느 날 너무 아픔이 커서 그 뭉치를 모두 태워 버리고, 훗날 책으로 엮고 싶던 꿈도 접어 버린 분이시다. 그런데 당신의 꿈을 며느리가 대신 풀어가고 있다고 생각하시는 걸까 언제든지 멋진 첫 번째 독자이시다.

"나도 어릴 적 꿈은 작가였지."

"자식을 키우는 일이 그리 녹록치 않더라."

"너와 고향이 같아서인지 며느리라기보다 내 후배 같구나!" 하시면서 때론 흥분을 하고 감탄하시더니 어느 날에는 이젠 요즘 세상과 생각을 따라 갈 수가 없다고 하신다. 같은 동향이라는 걸로 어머님의 어릴 적 추억을 반추하실 거고, 자식을 키우는 며느리의 모정을 따라가며 당신의 과거를 회상하시겠지만, 가끔 세상에 대고 하는 넋두리를 이해할 수 없을 거라 짐작해 본다. 나는 너무나 행운아다. 부끄러운 글에 박수를 보내주시는 든든한 독자를 두었으니 말이다.

요즘 들어 많은 책을 접한다. 수필집은 물론 시집과 매달 배달되는 문학지가 책장을 가득 채워간다. 나는 그 곳에 있는 작품을 얼마나 소화해 내고 얼마나 감동을 받는 중인가.

온 마음을 다해 쏟아낸 그 문장을 낱낱이 헤아려 보았는가. 가끔은 작가에게 감사의 마음을 전해 보았는가. 너무 쉽게 홀대하진 않았는지 생각해 본다.

단어 하나하나 선택에 얼마나 치열했을까, 얼마나 쓰고 고치고, 다시 쓰고 지우고 하면서 고심했을까를 느껴 보았는가. 작품 한 편에 쏟는 땀을 얼마만큼 느껴 보는가? 독자의 몫도 잘하지 못하면서 작가의 몫은 잘하겠는가. 가슴이 먹먹해진다.

이제 글 속의 보석을 찾아 상큼한 메시지를 보내주는 진정한 독자가 되고 싶다. 누군가에게 나의 시어머니 같은 첫 번째 독자도 되어 주어야겠다. 그리고 가끔은 미지의 독자에게도 메시지를 받을 수 있는 명 수필을 쓸 수 있으면 좋겠다.

(2011.)

북촌 이야기

 ●
 ●
 ●

    북촌으로 가는 버스는 복잡하고 답답했다.

    40여 년 넘게 서울에 살았는데 며칠 전 딸아이에게 들은 북촌이라는 정겨운 지명은 생소하기만 했다.

    종로 어딘가에 한옥마을을 보존하느냐 마느냐 하는 뉴스는 들었지만 그곳이 북촌인지는 몰랐다. 안국동에서 내린 우리는 우선 북촌 문화센터를 찾았다. 대로변 빌딩 숲을 지나 골목길로 들어서 지나는 몇 사람에게 물어 보아도 모른다고 했다. 딸아이가 준비해준 북촌의 지도를 들고 중앙고등학교 정문부터 다시 더듬어 가보았다.

    잠시 전 그 옆을 지나쳐 왔음을 문화센터를 어렵게 찾고서야 알았다. 그만치 북촌문화센터는 복잡한 대도시 어지러운 거리에 안쓰럽게 끼어 있었다. 그러나 그 곳을 들어서는 순간 바로 시공을 초월해, 조선시대 어느 선비 댁 아녀자가 된 듯이 발자국 소리도 줄여야 했다.

아담하지만 여유 있어 보이는 사랑채를 지나고 안채로 들어가도 조용하기 그지없다. 인기척을 하니 사무실에서 안내원이 나왔다. 그분의 안내로 안채로 들어서니 그곳은 겉모습과는 다르게 방문객을 위한 북촌의 모습을 알리는 홍보관이었다. 사랑채는 전통문화를 체험하는 교육관으로 운영된다고 하였다. 요즈음 한참 유행하는 민화 그리기, 매듭, 염색, 서예 등을 배울 수 있는 곳이다. 안채에 들어선 우리는 편안한 자세로 북촌의 소개 영상물을 연속해서 두 번이나 보았다.

육백 년을 이어 온 조상들의 숨결을 그대로 느낄 수 있었고, 전통과 정신이 오늘날에도 명맥이 이어지고 있음을 알 수 있었다. 사대문 안에서 북으로 북한산 자락, 남으로는 종로통 사이에 자리 잡고 있으며 동서로는 경복궁과 창덕궁 사이에 안국동, 가회동, 원서동, 재동, 계동, 사간동, 삼청동 등이 북촌이다. 종로와 청계천의 윗동네라 하여 북촌이라 불리운 곳, 그곳은 조선시대부터 명당지역으로 긍지를 누려온 유서 깊은 동네이다. 근대화의 물결 속에서도 가지모양의 골목길 등 옛 모습을 잃지 않고 있는 북촌에는 아직도 구백여 채의 한옥이 마을을 이루고 있다.

안국동은 조선조 성리학자요 정치가인 김안국의 이름을 기리려고 생긴 이름이고, 가회동은 嘉會방(가회)에서 유래된 즐거운 모임이라는 뜻이다. 원서동은 원래 원골이고, 계동은 조선시대 의료기관인 제생원이 있어 제생동이라 불리다가 계생동으로 또다시 계동이라 했다 한다. 사간동은 당시 언론기관인 사간원이 있었다 해서 붙여진 동네이고, 삼청동은 도교의 태청, 하청, 옥청 3위를 모신 삼청전이 있어 유래 되었다 하기도 하고, 산과 물이 맑고 인심 또한 맑고 좋다 하여 삼청이라 불리었다 한다.

북촌 마을에 옛 이름과 유래를 들으며 아스라이 내 어릴 적 동네에 정다웠던 이름들을 떠올려 본다. 범이 많아서 범랑골, 동네 안쪽에 있어 안골, 절터가 있다 해서 절골, 골짜기가 길다하여 긴골, 참나무골 등 산과 들에 붙여진 그 정다운 이름들을 잊고 산 지가 얼마인데 이곳에서 고향을 만난 것 같다.

가난한 선비들이 옹기종기 모여 살았고, 어느 소설 속에 남산골 샌님이 살았다던 가난한 서민동네의 상징인 남산 기슭에 남촌하고는 다르게, 이곳은 대부분의 주민들이 조정에 문무대신이거나 양반님네들이 살았던 마을이었다. 마을 어귀에 들어서면 아직도 대감마님의 헛기침 소리가 들릴 것 같은 북촌 이곳은 당시 서울의 정치, 행정, 문화의 요지였음이 분명하였다. 풍수지리적으로 양옆에 경복궁, 창덕궁을 끼고 있으니 더없이 좋은 자리였을 것이다.

문화센터 툇마루에 앉아 잠시 쉬어 가기로 했다. 이곳이 서울의 한복판이라는 것을 잠시 잊을 만큼 한가롭다.

우리는 골목여행을 위해 다시 소음 속으로 들어섰다. 조금을 벗어나니 마주보면 손닿을 듯 가까운 이웃집 담장너머에 감나무가 그냥 넘어와 열매를 떨구어 줄 것 같은 좁은 골목길, 소박하고 풋풋한 옛정취가 그대로 살아 있었다. 조금 전 자동차를 비키느라 제대로 걸을 수 없었던 골목이 지천인데 이렇게 한가롭게 걸을 수 있다니 신기하기까지 했다. 서로가 어깨가 닿을 듯 좁디좁은 골목길을 지나면 우마차(牛馬車)라도 다닐 만큼 넓어지기도 했다.

좁은 골목 어느 대문 앞에 서서 잠시 잃어버린 내 추억의 시간을 찾아 나섰다. 어릴 적 골목길에서 뛰놀다가 해질녘이면 엄마를 길고, 크게 부르며 집으로 뛰어가면 무슨 일이냐며 언제나 반기시던 어머니의 음성이 들리는 듯하다.

화기도감 터, 성삼문의 집터, 김옥균의 집터라는 비석을 지나며 이곳의 유래를 훨씬 실감하였다. 얼마 전, 현직 대통령을 탄핵한다고 한참이나 세상의 이목이 집중되었던 헌법재판소 뒤쪽으로 가보았다. 재판소 안에는 진귀한 백송이 있고, 그 옆에는 광혜원 터 등이 자리 잡고 있었다.

올 한 해 모든 국민의 집중 속에 대단한 판결을 내렸던 역사적인 장소를 지나며 몇 백 년 후에 그 일은 어찌 후손들에게 비쳐질지가 궁금해졌다. 골목의 반 이상을 차지한 듯 거대한 저택의 담장과 만났다. 윤보선 전 대통령의 고택이었다. 개인에게 개방이 금지되었다는 푯말 뒤에 웅장한 솟을 대문이 예사롭지가 않았다. 마침 대문을 열어 놓고 정원에서 분주히 움직이는 사람들에게 양해를 구해 잠시 들어가 잘 정돈된 정원이며, 수많은 세월의 흔적이 배어있는 고풍스런 안채와 사랑채를 먼발치서 구경하는 것으로 만족해야 했다. 아직도 반가(班家)의 품위를 지켜 온 듯, 그 저택은 오늘은 친척의 혼사 날이라 잠시 개방하였다 했다. 옛 것을 소중히 지켜가는 그 댁의 정신이 고마웠다.

북촌 여행은 하루를 가지고 돌기에도 부족한 것을 오후에 도착해 반나절밖에 할 수 없음이 아쉬웠다. 그곳에는 살아계신 무형문화재 선생님들의 예술성을 느낄 수 있는 곳도, 또한 한옥체험을 할 수 있는 체험관도 있다 한다.

다음을 기약하며 돌아오는 길에 마음으로 기원해 본다. 옛것과 첨단이 공존하면서 한 자락의 처마 끝에도, 모퉁이 진 골목 어귀 하나에도 역사의 숨결이 담겨있는 북촌마을이 오랫동안 보존되어 우리 후손들에게 조상이 내리신 이 귀한 유산이 잘 전해지길 바라며 집으로 오는 만원버스에 올랐다.

(2004.)

인생의 황금기

꿈같은 4년이 흘렀다.

늦깎이로 출발한 대학생활, 어려움도 간혹 있었지만 힘차게 달려와 골인지점 가까이에 서있다.

입학하던 해, 삼십여 년 만에 시험지를 받아든 첫 출석시험에서 중압감이 얼마나 크던지 손은 달달 떨리고, 가슴은 방망이질을 해댔다. 어금니를 꽉 물어도 부딪치는 소리가 옆 사람에게도 들릴 것 같아 그 자체도 신경이 쓰여서 답안지를 작성하기가 힘들었는데, 오늘 마지막 기말 시험지를 받아들고서는 교실의 풍경을 서서히 돌아보며 감회에 젖는 여유를 부려본다.

함께 출발한 학우들의 모습이 학기가 지날수록 점점 줄어들어 안타깝기도 했지만, 곁에서 만학의 길동무가 되어준 든든한 학우들은 돋보기를 꺼내 쓰며 답안지를 채워가고 있다. 그러나 오늘은 아쉽고 서운한 마음이 너무 커서 시험지가 눈에 쉽게 들어오질 않는다.

시험 때만 되면 공포에 시달리며 이번엔 권총을 차서 학고(學告)를 맞을 거라며 엄살도 부려보고, 시험만 없으면 공부 할 맛 나겠다고 투정도 여러 번 부렸는데, 이젠 이런 중압감도 그리울 것 같다. 그렇게 긴 하루가 지나고 나면 며칠 아팠던 사람처럼 형편없는 안색을 해가지고 해방감을 만끽하던 동무들과도 그런 재미를 느낄 수가 없을 것이다.

무더운 여름날, 6교시의 시험을 치르면서 너무나 힘겨워 앰뷸런스가 자신 때문에 올 것 같은 두려움을 느꼈다며, 서로 속내를 내놓고는 그 공감대가 얼마나 크던지 소리 내어 한바탕 웃었던 기억도 추억의 뒤편에서 아련히 떠오를 것이다.

정신을 가다듬고 답안지에 마킹을 꼼꼼히 해간다. 알쏭달쏭 헷갈리는 문제가 또 여러 개다. 다음엔 교과서를 알뜰히 제대로 보겠다던 각오도 이젠 끝이다. 4년 동안의 노력으로 공부에 물때가 끼었는지 그럭저럭 시험을 보며 그 두려운 학사경고는 없을 듯 자신감도 슬그머니 생긴다.

방송대라는 특별한 문화에 젖어 젊은이들처럼 학생 신분에 충실하려 했다. 동아리 활동이며 모꼬지를 가는 일이며 신입생을 위한 오리엔테이션 등에 참가하며 선배로서 앞장서보기도 했고, 교수님을 따라 '열하일기' 코스를 기행해 보며 여고시절 수학여행의 추억을 다시금 느껴 보았다. 여러 문인들의 문학의 향기를 찾아 나선 문학기행에서는 그 길을 가겠노라는 욕심도 가져보았다. 교수님들께 직접 듣는 오프라인 강의는 지식의 창고를 가득 채우듯 뿌듯하고 감격스러웠다. 깊이 있는 탐구는 아니더라도 여러 교재에서 만나던 갖가지 상식들은 인생에서 귀하게 쓰이며 마음을 부자 반열에 올려놓을 것 같은 기대도 해 보았다.

어릴 적 새 학기에 받아든 교과서가 귀하고 좋아서 이름도 곧바로 쓸 수 없었던 것처럼, 4년 내내 씨름하던 교재들을 오랫동안 귀하게 여길 것이기에 당분간 책꽂이에 두기로 했다.

'아는 만큼 보인다.' 했던가. 서양사를 배우고 떠난 유럽여행은 더 흥미로웠고 역사의 진실이 다가왔다.

박물관에서 접하는 예술품이 더 생생히 영혼과 교류를 하는 듯하고, 어렵게만 느껴지던 철학이 인생의 참맛을 알게 하며, 동서양의 인물과 고전들이 새롭게 곁에서 속살대었다.

중국의 역사를 만나선 그들의 앞선 문화와 방대한 유물이 세월의 주름을 짐작할 수 있었으며, 춘추전국시대 제자백가라는 학문의 다양성과 그들의 역사의 편의성에 놀라웠다.

일본의 역사를 배우며 그들의 재빠른 문화 개방과 호기심과 과감성이 오늘의 그들을 만들었음을 알았다.

우리 선조들의 애잔한 '사랑가'에 마음 절이고, 효(孝)와 충(忠)을 중히 여기던 선조들의 교훈이 아직도 우리사회에 조금은 남겨져 있음을 다행으로 여기게 됐다. 지금도 통할 것 같은 소설 속 인물들의 해학과 재치에 찬사를 보내며 선조의 문학적 향기에 취해 보았다.

이제 이 기말시험을 끝내고 나면 언제나 쫓기던 일상이 조금은 여유로워질 것이다. 그동안 소원했던 지인들께 소식도 전하고, 한동안 시험의 틀에서 허우적대느라 소홀했던 독서 삼매경에도 빠져보고, 가끔은 마음 깊은 곳에 울렁거리는 언어의 유희도 엮어내어 보리라.

그러나 뜨거운 열정의 불꽃을 어떤 것으로 태우면 이 허전함이 덜할까. 아쉽고 막막하기는 하지만, 그래도 내 인생의 황금기는 지금부터라 생각하며 또 다시 새로운 출발을 하려 한다.

(2008.)

감성의 샘

．
．
．

오랜만에 신선한 공기를 맞으며 산책을 한다.

집 근처 봉화산자락에 있는 이 공원은 나에겐 휴식처이고 감성의 샘 같은 곳이다.

밀려오는 피로감을 뒤로 하고 좀 늦은 저녁이라도 찾아와 나를 돌아보며 명상을 하고 또 다시 나를 찾아가는 장소이다. 울창한 숲길을 따라 걷노라면 계절따라 내놓는 숲의 향기에 취하기도 하고, 숲의 바람소리에 귀 기울이면 세월의 변화를 전해 듣기도 한다.

폭신하게 포장된 말끔한 산책길엔 쉴만한 의자도 군데군데 자리하고, 양옆에 피어난 나리꽃과 옥잠화의 시선이 곱기만 하다. 게다가 기도장소로 적합한 소나무 숲도 있으니, 숨겨 놓은 나만의 공간인 양 즐겨 찾는다.

어쩌다 하늘을 올려다보며 시름어린 달빛과 별들의 밀어라도 듣는 날이면 오랫동안 잊었던 순수를 찾아 나선다. 유년 시절 여름날, 개울가 돌바닥에서 명석을 깔고 누워 동무와 하던 별자리 찾기 놀이는 무수한 꿈의 연속이었다. 먼 미래를 상상하던 우리는, 아름다운 미래가 펼쳐질 거라는 막연한 꿈의 날개를 접고서야 집으로 들어왔다.

이순을 바라보는 지금, 아직도 그 순수했던 나를 찾고 싶고 무거운 감정의 무게를 내려놓고 싶을 때 이곳으로 발걸음을 재촉한다.

지난 봄 국립박물관에서 열렸던 〈실크로드와 둔황전〉의 '막고굴'을 떠올리며 이곳을 감히 나만의 '막고굴(幕高窟)'이라 여기며 명상과 감성을 지켜내는 곳이다.

신라시대 혜초스님의 기행문인 〈왕오천축국전(往五天竺國傳)〉이 1300여년 만에 귀향했다고 하여 서둘러 가 보았다. 우리민족 최초의 세계인인 혜초스님이 당나라를 거쳐 다섯 개의 천축국인 지금의 인도와 페르시아, 중앙아시아를 4년여를 여행하며 남긴 세계 최고수준의 견문록을 볼 수 있음은 큰 감동이었다. 그 귀한 유산은 프랑스 학자 펠레오의 탐험의 대가로 프랑스가 보관하고 있지만 그래도 혜초스님이 남긴 우리민족의 유산임에는 변함이 없으니 자랑스럽기 그지없다.

　폭 42cm, 길이 358cm이고 필사본인 227행의 5,893자가 남아 있다고 한다. 기록엔 가는 곳마다의 정치, 경제, 문화, 풍습 등이 기록되어 마르코폴로의 〈동방견문록〉과 함께 최고의 기행문을 볼 수 있음에 가슴이 두근거렸다.

　난생처음 일행도 없이 꼼꼼히 전시회를 돌면서 이런 귀한 유물이 발견된 둔황의 '막고굴(莫高窟)'에 관심이 갔다. 인도의 석굴사원을 본떠 만들었다는 막고굴은 실크로드의 요충지인 둔황에 무수히 많다고 한다. 〈왕오천축국전〉이 발견된 굴은 17호굴 장경동에서 발견되었는데, 다른 막고굴에서는 수많은 불상과 불화, 흙인형과 벽화, 금장식물 등이 출토되었다 하였다.

　1600년 전 사람들은 고원 사막에 굴을 파고 그곳에서 왜 생을 마감하였을까. 신앙의 마무리였을까. 예술의 마지막 혼을 불태운 것일까. 그 막고굴은 천불동(千佛洞)이라고 하는 걸 보면 불교문화의 보고인 셈이다.

　전시회장 한편에 만들어 놓은 모형 막고굴에 들어가 본다. 그 굴에서 일생을 마감했던 구도자의 모습과 예술가의 모습을 상상해 보며 그들의 영혼을 느껴보고 싶어 언젠가 둔황에 가보고 싶다는 생각을 해보았다.

　그 옛날 혜초스님도, 대장정의 여행을 마치고 당나라 장안으로 돌아오다가 둔황에 들렀다 한다. 여행의 기록인 초고를 그 막고굴에 두고 장안으로 돌아와 다시 제대로 된 여행기를 완성하였을 것이라 추측하지만 그 완성본은 아직 발견되지 않고 있다.

혜초스님도 막고굴에서 본 구도자들의 모습에서 인간의 신심과 예술혼을 느끼고 그곳에 그 기록을 남겨놓고 싶었나보다. 스님은 그 기록에 고향 경주를 그리는 시를 남겨 놓을만치 고향을 그렸지만 더 큰 뜻이 있었기에 고향을 뒤로 하고 당나라 장안에서 밀교를 연구하다 780년경 76세로 생을 마쳤다.

공원 초입의 바람과 깊숙한 계곡에서 불어오는 바람이 다르다. 찻길을 막 벗어난 초입의 바람은 후텁지근하고 끈적끈적하다. 공원 안쪽 골이 깊은 계곡에서 불어오는 바람은 마음 깊은 곳까지 후련하고 시원하다. 사람에게 나는 향기도 그럴 것이라 생각해 본다. 곰삭여 내놓은 언행과 글은 마음을 즐겁게 한다.

인간은 살면서 가끔은 자신을 돌아보는 시간을 갖기 마련이다. 신앙심을 가졌다면 자주 그런 시간이 있을 터이고, 무신론자라 해도 인간에게 주어진 양심이라는 잣대를 가지고 자신을 점검하게 되리란 생각을 한다. 또한 예술가들은 작품에 몰입하면서 영혼의 울림을 느껴야만 좋은 작품을 탄생시킬 수 있을 테니 자신을 자주 볼 수 있지 않을까 한다.

수도자로 일생을 마감할 수는 없더라도 명상과 기도의 장소로 또한 감성의 샘을 파는 곳으로 자신만의 장소가 있으면 좋겠다는 생각을 해본다.

글을 쓰네 하며 마음이 요동칠 때, 좀더 여유로운 인간미 넘치는 사람으로 살고 싶은데 이성을 잃어버리고 마음이 팍팍해질 때, 마음에 차오르는 욕망을 억누르기 어려울 때, 영혼을 씻어주는 이 숲으로 올 수 있음을 고마워한다.

가까이 나만의 '감성의 샘'을 가지고 있으니, 남은 인생의 주름을 아름답게 수놓으리란 결심을 오늘 또 다시 이 고마운 숲에서 해본다.

(2011.)

공자(孔子)를 만나다

●
●
●

공자의 고향 곡부(穀部)로 가는 길은 설레면서도 조금은 두려웠다.

그동안 중국을 여러 번 여행하였지만 자유여행은 이번이 처음이다. 안내하겠다는 조선족 청년을 따라 나서긴 했어도 그도 그곳은 처음이라 했다. 아침 일찍 '칭따오'를 출발하여 여섯 시간이나 광활한 들판을 가로지른 고속도로를 달려서야 오후에 어렵사리 곡부에 도착하였다. 가는 길목에 붙어있는 그들이 쓰는 간자(諫子)체 표지판을 짧은 한문 실력으로는 잘 읽을 수 없었지만, 영어 표기가 함께 쓰여 있어, 평소엔 두려움의 대상이었던 세계 대표어의 위상이 지금은 반갑기까지 하다.

중국은 모택동 혁명 후, 사회주의 사상에 어긋난다며 유가사상(儒家思想)을 말살하였는데, 격변하는 경제발전의 회오리바람을 타고 들어온 자본주의 사상을 어찌 할 길이 없어서인지, 공자의 유가사상을 재조명한다고 한다. 요지부동으로 단단하던 위정자들이 하나의 중국을 만들려니 그 구심점이 필요했나 보다. 거액을 들여 공자의 일생을 담은 영화를 국가정책으로 만들고, 천안문 광장에 공자의 동상이 모택동 동상을 내려다 볼 정도의 크기로 설치했다 한다.

그러나 우리나라는 유교사상이 유난히 많이 남아 있어서일까. 그들의 소란이 새삼스럽기까지 하다. 우리는 어릴 때부터 공자의 말씀을 어른들로부터 들으며 자라지 않았는가. '인(忍)'을 가르쳐도 세 번씩을 참으라'하며 삶의 끈기를 가르치고, '學而時習之 不亦悅乎(학이시습지 불역열호)'라 하여 배우고 익히면 그 일이 얼마나 기쁜가? 하며 자식의 교육열로 세계최고가 되고, '修身齊家 治國平天下(수신제가 치국평천하)'로 가정을 다스리고, 仁, 義, 禮라 하여 사람의 근본을 가르칠 때 유가사상을 바탕으로 훈육하지 않는가.

공자의 고향인 이곳 산동성(山東城) 곡부(穀部)는 삼황오제 때 수도였다. 이곳은 역사가 유구하고 유적이 많아 중국에서 첫 번째로 공표한 역사도시로 지정되었다. 우리의 면소재지만한 도시 전

체가 공부(孔府), 공묘(孔廟), 공림(孔林) 등이 있어 공자와 관련된 유적의 고장이다. 중국에서 북경의 자금성과 연암 박지원의 〈열하일기〉의 배경인 열하(說夏, 지금의 승덕)의 피서산장, 이곳 공부(孔府)가 가장 큰 고건축물(古建築物)이라 한다. 나는 고맙게도 이 세 개의 중국 고건축물을 모두 볼 수 있는 기회가 생긴 것이다.

광화문의 서너 배는 될법한 규모의 공부(孔府) 문 앞에서 입장권을 사기 위해 줄을 서서 인산인해의 행렬을 보며 그 변화를 알 수 있었다. 공안복장을 한 안내원이 친절히 우리 일행에게 무언가를 설명해 주었다. 간신히 손짓 발짓까지 동원하여 알아들은 내용은 외국 여행객에게도 예(禮)의 고장답게 경로우대를 해 준단다. 일행 중 일부가 꽤 비싼 입장료에서 반값 할인혜택을 받게 되니, 여행 중 뜻밖의 대접으로 나그네의 피로를 조금은 씻어 주는 것 같아 기분이 좋았다.

공자(孔子)는 기원전 551~479년 산동성 노(魯)나라의 몰락한 귀족 가문에서 태어났다. 편모슬하에서 배움을 좋아하며 서, 시에 능한 청년이었다. 세월이 흐르며 제자가 3천 명에 이를 만큼 당대에도 그의 학문과 덕망은 높았지만 주변국을 떠돌며 일생을 보내게 된다. 그러나 말년에는 고향으로 돌아와서 전심전력으로 교육과 고적정리에 헌신하였다. 〈시〉〈서〉〈예〉〈역〉〈춘추〉 등이 이 시기에 그가 펴낸 중화원전의 경전과 같은 서적들이다. 기원 전 479년 공자는 그의 원대한 꿈을 실현하지 못한 채 후대를 걱정하며 향년 73세에 세상을 떠나갔다. 그 후 그를 따르던 제자들에 의해 사서로 전해진 것이 그 유명한 『논어』이다.

공부(孔俯)는 공자의 혈족 직계 장손들이 대대로 거주하던 관저이다. 처음엔 작은 집이었으나 공자 사후 황제들마다 그의 후손에게 관저를 하사하고, 제사를 받들면서 점점 규모가 커진 것으로 관청과 사저가 함께 붙어있는 구조이다. 그 규모가 그들이 말하듯 '천하 제일가'라는 칭호에 걸맞다는 생각이 들만큼 대단하다.

공묘(孔廟)는 후대의 역대 왕조가 그를 받들던 사당이었다. 공묘는 그가 생전에 기거하던 삼 칸의 옛 저택을 사당으로 개조했다고 한다. '대성전'이라 쓴 큰 금관액자는 청나라 때 옹정황제가 친필로 쓴 것이라 했다. 역대 왕조들은 공자를 정신적 스승으로 받들며 온 정성을 다해 증축과 개조를 거듭하였으리라.

공부(孔俯)와 공묘(孔廟)를 돌아 나오니 인력자전거가 줄줄이 서서 호객 중이다. 그 거리의 간판 속에는 한글로 삐뚤빼뚤 쓴 '공자 후손이 운영하는 가게'라는 문구가 눈에 띄었다. 이곳 60만 주민 중 아직도 10만 명이 공자의 후손이라는 걸 보면 그 간판의

문구가 이상할 게 없다. 후덕해 보이는 안주인의 손짓이 친근히 느껴져 들어간 가게에서, 동양화 한 점씩을 흥정하여 반값에 샀다.

2킬로쯤 인력자전거를 타고 들어가니 공림(孔林)이다. 글자만 보고 그냥 나무숲이 우거진 곳이려니 하고 한참을 들어가 보니 그곳은 십여만 기나 되는 공자의 후손들의 가족 묘지였다. 비석이 있는 것이 3,600개 정도 되고 나머지는 봉분만 있었는데 공림이라 하며 '林' 자를 쓴 이유를 알게 되었다. 공림은 세계 최대의 가족 묘지였다. 공자의 묘지와, 아들 공리, 손자 공급의 묘가 공림 중심지대에 있었다. 공자가 심었다는 향나무는 탑을 싸서 보호하고 있었는데, 뿌리만 남아 있어 실제일지는 의문이 남았다.

공림을 전기기차를 타고 한 바퀴 돌며 생각해 보았다. 2천5백 년을 추앙받는 유교학의 창시자 묘지나, 그저 그 가문의 이름 없는 후손의 묘지나 차지한 땅은 별 차이가 없었다. 인간의 흔적으로 따를 자가 그다지 많지 않은 위대한 업적에 비하면 초라하기 그지없었다.

요즘 사람들은 이 시대를 난세(亂世)라 하고, 인문학의 부재라 한다. 그리고 정신적 스승의 없다며 우려의 목소리가 크지만 아직도 이 시대엔 건강한 정신과 도덕성을 지닌 사람이 더 많다고 생각한다. 묵묵히 자신의 몫을 하며, 전통을 중시하고, 가풍을 세우고 세상의 빛이 되려는 사람이 꽤 많다는 생각을 한다. 그러니 우리 사회엔 따스한 인간미가 아직까지는 곳곳에서 흐르고 있다.

그래서 우리의 인간적 훈훈함이 배어있는 드라마가 '한류'라는 이름으로 아시아를 넘어서 이젠 더 먼 곳까지 진출하여 사랑을 받지 않는가. 우리민족 밑바닥 정서엔 결국 공자의 가르침이 있기 때문이라는 생각이 든다.

그래서 얼마 전부터 재조명되는 그들의 공자사상이 정치적 부산물처럼 느껴지기도 한다.

내겐 이번 여행이 공자를 직접 만난 듯 그분의 가르침이, 저 세상으로 가신 내 부모가 다시 내게 이르시는 말씀처럼 마음으로 다가온다.

'子曰 死生이 有命이요, 富貴在天이니라' 하셨다니 마음을 더 다스리며 살 것이고,

'子曰 明鏡은 所以察刑이요 往古는 所以知今이니라' 하신 것은 밝은 거울로는 얼굴을 살피지만 지나간 일은 현재를 아는 것이라 하셨다니 지금을 소중히 여길 것이다.

(2010.)

올레, 그리고 둘레길

⋮

사월 중순인데도 꽃샘추위는 물러날 줄 모른다.

지구의 온난화로 계절이 뒤엉켜 버린 듯, 아직도 봄 날씨는 오려다말고 대기 중인 것 같은데, 이런 중에도 시샘을 피해 용케도 찾아온 봄꽃이 반갑고 고맙다.

이 동네로 이사 와서 가끔씩 오르내리던 내 것 같은 봉화산에, 작년가을부터 '둘레길'이 생겼다고 공원에서 산책을 하다가 만난 이웃이 알려 주었다. 봄이 되면 한번 걸어 보자 벼르다가, 며칠 전 '둘레길'을 걸어 보려고 산에 올랐다. '둘레길 코스'라고 안내판까지 붙어있는 그 길은 평소 정상을 향해 오르는 사이사이에, 사람의 발길을 막으려고 통나무로 가로막아 놓았던 길이었다. 오래 전부터 출입을 금하는 애교 있는 팻말이 붙어 있던 길인데,

결국 사람의 발길을 피할 수 없어 자연스레 길이 생겨났나보다. 산허리를 한 바퀴 가로지른 '둘레길'은 길이가 4.2킬로나 되고 아기자기한 산책로가 제법 운치 있고 정겨웠다.

'사람은 큰길로 다람쥐는 사잇길로', '사잇길로 다니면 산새들이 싫어해요.' 라는 푯말이 걸릴 때만 해도 나는 그 길을 다니는 사람들을 봉화산을 괴롭히는 무지한 사람으로 취급했었다.

초겨울, 낙엽이 모두 떨어진 봉화산은 알몸을 드러내 놓고 벌벌 떨고 있었다. 녹음(綠陰)에 가려져 상처를 숨겨왔던 흔적이 그때가 되면 너무나 선명하여, 실핏줄을 밟는 것 같아 마음이 편치 않았다. 그러나 이제는 이 길을 걸어보니 어느새 즐거워져 슬그머니 예전의 내 마음이 미안해지기도 한다. 그래도 다소 위안을 받는 것은 이 '둘레길' 하나가 여러 개의 사잇길을 사라지게 한 것 같아서이다. 중앙 등산로를 따라 정상을 향해 똑바로 가는 것보다는 힘도 적게 들고 덜 지루했다. 이렇듯 시대에 따라 대세를 피할 수는 없는가 보다.

요즈음 '둘레길, 올레' 하며 걷기가 유행처럼 번지고 있다.

우리나라의 걷기 인구가 천만 시대라고 한다. 걷기 운동이 번지며 조깅화, 워킹화가 비싼 가격에 팔리고 있다. 이웃나라 일본은 우리보다도 걷는 인구가 훨씬 많다고 하고. 서양인들의 조깅모습을 영화나 여행 중에 볼 때 꽤 멋있고 신선해 보였는데, 이제는 우리에게도 걷고 뛰는 문화가 생활화되어 가고 있다. 지난해부터 내게도 건강에 경고등이 들어와 거의 매일 걷기를 했다. 처음엔 단지 옆에 학교운동장을 걷다가 공원에 산책코스가 생겨나 그 곳을 몇 달째 걷는 중이다.

이젠 걷기도 중독처럼 되어서 며칠만 걷지 않으면 몸이 힘들어 한다. 다른 운동을 하는 사람들이 어찌 생각하든, 가장 쉽고 경제적이기까지 한 걷기가 유행이고 대세인 것 같아 즐겁다.

아름다운 경관을 가진 제주도가 한동안 관광객 유치에 애를 먹었다. 몇 해 전 기자 출신 여성이 퇴직 후, 스페인 순례자의 길인 산티아고를 걷기 배낭여행을 하고 와 '올레'라는 제주도 고유어로 관광 상품화하였다. 그래서 또 다시 각광받는 제주도를 만들고 있다. '올레'란 일터에서 집으로 돌아오는 좁고 작은 마을길을 이르는 말인데 특이하고 정감이 가는 단어가 사람들에게 사랑받고 있다. '올레'란 어휘가 제주로 어서 오라는 이중의미를 가지고 있는 듯 사람을 모으고 있는 것이다.

지난 2월, 제주 '올레'를 걸어보려고 걷기 원정을 가 보았다. 바다를 끼고 걷는 기분이 어느 때보다도 발걸음을 가볍게 했다. 부슬부슬 봄비가 내렸지만 이름만큼이나 정겨운 길이었다. 바닷가에도, 오름에도, 감귤 밭에서 집으로 오는 길도 그들에게는 생활의 터전인데, 지금 걷기 열풍이 불어닥친 제주의 '올레'는 육지 사람들로 북적이고 있었다.

이 시대는 걷기가 유행이고 문화인 듯하다. 전국 명산이든 봉화산처럼 동네 뒷산이든 그 유행의 덕을 보고 있다. 서울 북한산에 '둘레길'을 만든다고 하고, 지리산에도 '둘레길'을 만들 예정이라 한다.

유행은 여성의 옷과 장신구에만 오는 게 아니고 다양하게 오는가 보다. 그다지 유행에 민감하지 않은 내게 봉화산 '둘레길'은 유행에 쉽게 동참하는 사람처럼 활력을 준다. 그 곳은 나에게 사색의 장이 되고, 기도의 장소가 되고, 새로운 꿈을 꾸는 희망의 길이 되기도 할 것이다.

(2010.)

광화문 광장에서

.
.
.

옛부터 '광장' 하면 신명나는 놀이와 축제가 벌어지던 장소였
다.

마을마다 규모의 차이는 있겠지만 사람들이 모이던 큰마당이
지금의 광장인지라 명절이면 두레패가 놀다 가기도 하고, 동네사
람들이 모여서 회의를 하거나 윷놀이나 씨름 등의 민속놀이를 즐
기던 화합의 장소였다. 어릴 적 고향에서는 종가(宗家) 마당이 그
런 곳이었다.

2002년 한·일 월드컵이 열리던 6월의 시청 앞 광장과 이곳 광
화문 광장은 붉은 물결이 넘실대면서, 잠자던 민족성을 일깨워
주며 우리민족을 하나로 만들어준 장소였다. 그 후로도 종종 국제

경기가 열리는 날이면 자연스럽게 남녀노소(男女老少) 막론하고 붉은 티셔츠를 차려입은 시민들은 이곳에 모여 '대한민국~~ 짜자작 짝짝' '오 필승 코리아'를 연호하며 질서 있는 응원으로 전 세계인을 향해 우리 민족의 단합을 보여주는 축제의 장이 되었다.

그러나 안타깝게도 가끔씩 광장은 아픔의 장소가 되기도 한다.

몇 년 전, 두 소녀를 위한 촛불 시위 때에는 '소리 없는 아우성'이라는 유치환 님의 〈깃발〉에 시어(詩語)처럼 침묵 속에서 절제된 행동으로 힘을 발휘하기도 하였는데, 그 후 2008년 5월의 광장은 '미국산소고기 수입반대' 시위촛불의 불꽃으로 밤을 태우며 분노를 분출하기도 했다. 그 분출이 너무 크고 오래 가서 이 광장은 두려움의 장소이고, 공포의 장소가 되었으며, 서로 잇속을 챙기려는 정치인들의 기회의 장이 되기도 하였다. 서로 '네 탓' 공방으로 우리의 광장은 촛불시위로 마비되어 각계각층의 이익에 따라 출렁거렸다.

2009년 여름, 광화문광장에 시민의 휴식공간이 생겨났다. 자동차 전용도로가 시민에게 돌아와 도심 한복판 도로에 벤치를 앉히고, 분수가 형형색색으로 춤추고, 예쁜 꽃들 사이로 난 산책로가 정겹다.

우리 민족 대다수가 존경하는 인물 중 한 분인 이순신 장군님은 깨끗이 목욕을 하고 그 곳에 다시 자리 하시고, 또 한 분의 어른이신 세종대왕님께서는 근엄하고 자애로운 모습으로 새롭게 자리 하셨다.

세종대왕님의 동상이 안치되던 한글날, 일삼아 광화문 광장을 찾았다. 금빛 나는 웅장한 동상 앞에서 그 모습만으로도 민족의 어른에 대한 존경심이 저절로 나왔다. 게다가 그분께서는 백성의 우매함을 마음 아파하시어, 배우기 쉬운 글로 서로 익혀서 대대로 소통을 잘하며 하나되라고 우리에게 훈민정음을 남겨주시지 않았는가.

그 귀한 한글이 영어에 밀리면서 태어나자마자 영어동요부터 듣고, 우리말을 다 알기도 전에 영어부터 배워야 되는 양 모두가 야단법석을 떨고 있다. 그러나 한글이 없었다면 우리가 어찌 되었겠는가. 아무리 세계화 시대를 살아야 하는 작금이라지만 그래도 '안녕하세요?' 보다 '바이바이!'가 먼저 익혀지는 이 시대를 그분께서는 어떻게 이해하실지 모를 일이다.

그분께서 후손에게 남겨주신 우리글이 누덕누덕 변질되어, 세대 간에 소통이 어려운 외계어 같은 신조어가 생겨나고, 반 토막으로 줄여서 어른들은 좀처럼 알아들을 수가 없게 사용되는 요즘이지만, 이 한글이 우리 민족을 하나로 만들어 주고 있는 공로에 대해서는 아무도 이의를 달지 않으리라.

말을 글로 표현할 길이 없어 인도네시아 부족의 하나인 '찌아찌아'족은 우리 한글을 수입해 가지 않았는가? 이 값진 한글이 이 광장에서 화합의 나래를 펼치게 하는 힘이 되라고 세종대왕님께서는 서둘러 이곳에 납시신 것처럼 느껴졌다.

앞으로, 이 광화문 광장뿐 아니라 우리의 모든 광장이 다시는 촛불시위의 아픔이나 무시무시한 구호로 뒤덮이지 말고 시민의 휴식처로, 축제의 함성과 화합의 장소로 가득 채워지길 바란다. 나 같은 소시민부터 제몫을 하는 사람으로 살아간다면 나라의 위정자들이나 지도층도 이 광장을 만들어낸 본래의 취지가 묻혀 버리지 않게 단단히 제 몫을 하지 않겠는가.

이 광장 시작점 경복궁 앞 광화문이, 가림막을 벗고 새롭게 비상하는 모습을 상상하며 마음속으로 염원해 보았다.

(2010.)

꼭 맞는 자리

·
·
·

아침 햇살 사이로 서둘러 곱게 단장한 단풍나무의 자태가 눈부시다.

수줍은 듯 귀엽게 양손을 흔들어 주며 오늘도 변함없이 인사를 건네고 있다. 길 건너 학교의 높은 담장 밑으로 줄지어 서있는 나무들은 아직도 흘러간 세월만 시절 없이 노래하며 기나긴 여름의 끝자락을 잡고 있다.

오늘 아침도 운동을 가려고 단지 내 산책길을 바삐 지나다 여느 때처럼 정원수로 가꾸는 과일나무를 일일이 올려다보았다. 그런데 어제까지도 다정스레 달려있던 감 세 개가 온데간데없다. 큰 열매 두 개 사이에 앙증맞게도 돌쟁이 애기 주먹만한 것이 끼어 있어, 남편과 나는 그것을 감나무네 세 식구라며 매일 인사를 나넜다. 조금씩 빠알갛게 여무는 모습을 보며 그들의 탁월한 자리 선택에 내심 안심을 했는데 서운하기 그지없다. 주변의 다른 열매들이 일찌감치 수난을 당했어도 세 식구는 끄떡없어 보였다. 그들은 인간의 속성을 미리 눈치 채고 맨 꼭대기 여린 가지 끝에 자리를 잘 잡고 있었다. 간혹 비바람에 시달려 고생은 했겠지만 요즈음엔 가을의 따스한 햇살을 만끽하며 여유만만 지내고 있었다.

우리는 매일 이 산책로를 오가며 계절의 변화를 도심 속에서도 마음껏 즐겼다. 일찌감치 산수유가 노란 봉오리를 내밀더니, 지난겨울 모진 추위에 다 얼어버린 듯 잠잠하던 살구나무와 복숭아나무에서도 연하고 뽀얀 아가의 미소띤 꽃향연이 벌어졌다. 배꽃과 사과 꽃의 눈부신 자태에 발걸음을 멈춰 취해 보고, 건너편 모과 꽃이 덩달아 향을 뿜어낼 때는 온 천지가 봄의 빛으로 넘쳐 흘렀다. 뒤늦게 어렵사리 피워낸 대추나무의 수줍은 미소는 친근감이 더했다.

그리고 여름내 무성한 잎사귀에 가려 그들의 역사를 눈치도 못 채고 더위와 씨름만 하였다. 그러다 소슬바람이 찾아와 아침저녁으로 마음을 열어 주기에 올려다 본 그곳에는 제각각 나름으로 튼실한 열매를 맺고 자태를 뽐내고 있었다. 경이로웠다.

그런데 이게 웬일인가. 추석이 오기도 전에 일찌감치 대추는 몇 알 남지도 않고 다 흩어져 버리고, 감나무가 수난을 당하고 배나무도 사과나무도 매일매일 다르게 고난을 겪었다. 아직 익지도 않은 모과가 한 개씩 한 개씩 자취를 감췄다. 낯선 행인들의 소치였다. 아니 단지 내 주민들도 한몫 거들었을 게 분명하다. 이젠 손이 닿지 않는 가지에 감 몇 알이 덩그러니 안쓰럽게 매달려 있다. 그나마 까치밥으로 남겨두었으면 좋겠다는 조바심이 난다.

몇 알 남지 않은 감나무에 서리가 시리게 내려 잎사귀가 다 떨어져도 그대로 있던 고향마을 감나무가 그립기만 하다.

까치밥을 남겨두는 건 마음의 여유다. 우리가 마음의 여유를 잃어가는 것은 급박한 생활에 젖은 탓이다. 어쩌면 너도나도 자신밖에 모르는 이기심 때문인지도 모른다.

모진 겨울의 추위를 참고, 더위와 비바람을 견뎌낸 정원수가 어렵게 얻은 열매를 제구실도 채 하기 전에 사람에게 수난을 당하고 말았다. 그 동안 수고가 허사가 되고 만 것이다.

우리의 삶도 별반 다르지 않을 것이다. 어우러져 꼭 맞는 자리에 있을 때 빛이 나리라. 오래 써서 손에 익은 물건이나, 유행이 지났어도 편한 옷처럼 언제나 다정한 친구와 변함없는 가족이 있음에 각자가 빛이 나고 귀한 대접을 받는 것이리라.

소유하려는 이기심이 정원수의 생명력을 일찌감치 앗아갔듯이 마음에 여유를 두지 않으면 우리가 쌓아올린 노고가 허무하게 무너질지도 모를 일이다. 내일 아침 빨갛게 익어 가는 몇 안 되는 감들과 아침 인사를 나누고 싶다.

(2006.)

2부

짝사랑이라도
좋다

설마중

∙
∙
∙

섣달 어느 날 새벽, 부엌에서 어머니와 올케언니가 두런거리는 소리에 다른 날보다 일찍 잠에서 깨었다. 정확히 말하면 방문으로 스며드는 달콤한 냄새에 더 이상 참을 수가 없어서였다. 어제부터 어머니는 설 마중으로 조청을 고우고 계시다.

가을에 만들어서 맷돌에 타놓은 엿기름물에 곡식이나 고구마 전분을 삭혀 이틀을 은근한 불에 졸이는 중이다.

군것질거리가 귀하던 시절, 조청을 바짝 졸여 만든 엿을 먹는 일은 그 달콤함으로 황홀경에 빠지게 하고 나를 동화 속 나라로 보내곤 했다.

어릴 적, 설마중 음식은 하나같이 어머니의 손끝에서 시작되었다. 안방 아랫목에는 진작부터 차례 상에 올릴 술항아리가 이불에 둘둘 싸여 장군처럼 버티고, 윗목에는 콩나물시루까지 들어앉아 가뜩이나 좁던 방이 더 옹색해졌어도 객지 나갔다 돌아온 식구마냥 반갑고 좋았다.

어머니의 설마중 준비는 두어 달 전부터 시작되었다. 어머니는 식구들의 설빔을 새로 사는 것이 아니고 헌 천을 새로 염색해서 만들어 주셨다. 아버지의 바지저고리와 두루마기는 윤기 나게 다듬이질을 해서 새로 지어 놓았고, 나와 조카들의 한복도 새언니를 시켜 곱게 만들어 놓았다.

설날 오기를 헤아리는 건 일상 중에 가장 중요한 일이 될 만치 하루하루를 손꼽아 기다렸다.

설이 가까워지면 뻥튀기 아저씨가 어김없이 동네 제일 넓은 마당에 자리를 잡고, 온종일 쌀이나 콩, 보리, 옥수수 등을 튀겨내었다. '뻥이오' 외마디를 남기고 대포 같은 기계를 조였다가 풀면 뽀얀 김을 쏟아내며 구수한 튀밥이 큰 망태기를 가득 채웠다.

그때도 '뻥' 소리가 무섭다고 얼씬도 못하는 아이가 있는가 하면, 그 기계를 자유롭게 돌려주며 일일 조수를 하던 친척 오빠도 있었다. 얼마 전 들리는 소식에 미국으로 이민 가서 잘 살고 있다 하니, 그 부지런함과 대범함이 어릴 적부터 남달라서였을 것이다.

튀밥으로 강정을 만들고, 설날 바로 전에는 곡식가루로 다식을 만들었다. 쌀, 콩, 보리, 흑임자, 지난봄에 채취해온 송홧가루까지 색색으로 가루를 곱게 내어, 미리 고아놓은 조청에 반죽을 해서 길이 반들거리게 난 다식 틀에 찍어내면 모양과 색도 예쁘고 그 맛이 일품이었다. 아이들도 옆에서 한몫 거들 수 있는 일은 다식을 만들 때여서 등잔불 아래 온가족이 모여 다식을 만드는 날은 웃음꽃이 더 활짝 피었다. 다식은 아이들의 세뱃값 대신으로 내놓는 맛있고 요긴한 음식이기도 했다.

김이 모락모락 오르는 가래떡을 아버지가 지게에 지고 오시면 온 식구가 둘러앉아 조청에 가래떡을 찍어 먹는 일은 설마중 중에서 최고였다. 그 쫄깃함과 달콤한 맛을 아직도 잊을 수 없어 지금도 떡집이나 방앗간에서 가래떡을 뽑고 있으면 그 유혹을 뿌리치지 못해 사가지고 온다.

마루 끝에 맷돌이 앉혀지면 그 날은 두부를 하는 날이다. 전날부터 불린 콩을 맷돌에 갈아 콩물을 큰 자루에 넣고 짜서 간수를 넣고 응고시키면 순두부가 되고, 그것을 다시 무명보자기를 깐 판에 담아 맷돌로 지그시 눌러 놓으면 부드러운 두부가 되었다. 마치 어머니의 마술을 보는 듯이 온 종일 부엌을 들락거리며, 축제를 맞을 준비를 하는 사람처럼 들떠서 좋아했다.

이렇게 어머니와 올케언니의 종종걸음으로 온 식구들은 행복하고 평온한 설마중을 마치고 섣달그믐날 묵은세배를 했다. 지난 한해를 무탈하게 잘 보내서 감사하는 마음을 어른에게 고하는 행사는 늦은 밤까지 계속되었다. 객지에서 고향으로 설을 쇠러 찾아온 친척들로 그 의식은 계속되었다. 섣달 그믐날 잠을 자면 눈썹이 샌다는 어른들의 말씀이 곧이들려 무거운 눈꺼풀을 이겨내려 안간힘을 써 보지만 깜박 자고 나면 새해 아침이 밝았다.

어머니는 그 밤을 거의 지새우셨을 것이다. 마지막 설마중 점검에다 묵은 마음을 씻어내는 의식과, 새해를 여는 염원을 새벽부터 장독대에 정화수를 떠 놓고 하셨으리라.

그 후 세상은 빠르게 변하고 변하여 이런 설마중도 점점 사라지고 있다. 세월의 약삭빠른 변화가 전통도 풍습도 바꿔 놓은 것이다. 대형마트에 가면 그곳에서 설마중을 얼마든지 할 수 있는 세상이고 보니 이 시대에 맞는 설마중에 익숙해져 간다. 그런데 올해는 설이 가까워오며, 그 옛날 어머니와 설마중을 하던 일이 아득한 추억 속에서 나를 자꾸 불러낸다. 지금 내가 어머니 같은 위치에 서고 보니 그 긴 설마중을 종종걸음으로 하시던 부지런한 어머니 손길이 한없이 그립다.

이 시대는 설날이 다가오면 공항이 더 붐비고, 휴양지에서 조상께 차례를 올리는 세상이니 조금씩 남아있는 풍습도 얼마 지나지 않아 민속박물관이나 사극에서 볼 수 있는 풍습이 되고 말 것 같다.

그럼 최첨단시대를 살고 있는 우리들의 설마중은 무엇일까?

먹을 것이 귀하던 시절에 식구들을 배불리 먹이는 일에 우리의 어머니들이 전심전력을 다해 정성을 다했듯이, 이 시대에 우리는 설명절에 가족 간에 소통과 마음을 주고받는 시간으로 활용해야 하지 않을까 싶다. 객지에서 그것도 전 세계 여러 곳에서 흩어져 설을 맞는 사람들이 많아진 세상이니 말이다.

자신들의 소식을 '트위터'나 '페이스북'에 올려 실시간으로 근황을 알리고, '카카오톡'으로 어디서나 문자를 주고받고, 온라인을 통해 화상통화를 하는 세상일지라도 가족만이 줄 수 있는 정을 서로에게 주고받는 설마중을 해야 할 것 같다.

내 마음의 온기를 멀리 있는 아들 가족과 늘 곁에서 세상 사는 맛을 나게 하는 외손자들과 딸 내외에게 전해줘야겠다.

최첨단시대를 사는 나의 '설 마중'이다.

(2012.)

신작로

•
•
•

가을 정취를 흠뻑 느껴보기도 전에 성미 급한 추위가 예고도 없이 몰아닥친 어느 날이다. 강원도엔 첫눈이 왔고 서울에도 영하로 기온이 떨어졌다고 하였다.

텔레비전 속 행인들의 모습이 한 겨울 옷차림으로 무장한 모습을 보며 무언가에 쫓기는 기분이 들었다.

마음이 허전하며 알싸해 지는 것이 계절 탓만은 아닌 듯싶었는데, 이른 아침부터 전화벨 소리가 요란스러웠다. "여보세요!" 큰 올케언니의 목소리였다. 어째서 가을내내 꼼짝 않느냐며 대뜸 호령이다. 미안한 마음으로 안부를 하니 벼 타작은 벌써 끝났고, 가을 채소가 된서리를 맞아 못쓰게 되었다고 한다. 김장 전에 담그는 총각무가 한창 좋다며 한번 다녀가라고 하였다.

추석 때 다녀왔으니 얼마 된 것도 아닌데 올케언니의 성화가 이만저만이 아니다. 그래서 두런두런 깊어가는 고향의 가을 모습도 볼 겸 이번 주 중에 가겠노라 하였다. 교통 체증만 심하지 않으면 시간 반이면 갈 수 있는 거리인데도 한번 다녀오기가 그리 쉽지 않다.

어머니 생전에는 저녁 먹은 후에도 이웃에 마실 가듯 했었는데, 지금은 조금 소원해지기는 했다. 바쁘다는 이유로 두어 달만 안 가도 도리어 안부전화를 하는 부모 같으신 큰오빠 내외분이니 서운한 때도 있으리라. 이른 봄부터 텃밭에 채소며 과일을 골고루 가꾸어서 형제들과 이웃에게 언제나 개방하는 후덕한 분들이시다.

지금은 천지가 개벽한 듯 변해버린 용인 시내를 벗어나 예전에는 좁은 비포장이었던 신작로로 들어섰다. 그 신작로를 따라 초등학교엘 다녔고, 그 신작로에 맞닿은 도시를 동경하곤 했었다. 소달구지의 정겹던 '삐그덕 빼그덕' 소리가 들려오던 곳, 그 긴 행렬이 읍내 장날임을 알 수 있었고, 간혹 지나는 자전거의 페달 소리가 더없이 부럽던 시절이기도 했다. 그리고 어쩌다 트럭이라도 지나가면 아이들은 뿌연 먼지 속을 내기라도 하는 양 힘껏 쫓곤 했었다. 서울로 수학여행을 오기 전까지 비행기는 매일 볼 수 있었어도 기차는 처음 길게 타 보았고, 그 이듬해 인천에 수학여행을 와서 처음으로 바다를 보았던 산골아이였다. 좁고 울퉁불퉁한 자갈길이 이젠 아스팔트에 노란 차선이 부담스럽도록 선명한 신작로가 되어 있다.

초등학교 졸업 후 곧 바로 서울에서 상급학교를 다녔으므로 간혹 주말이면 단숨에 십 리가 넘는 길을 달려가곤 하였다. 언제나 방학하는 당일에 이 길을 따라 뛰듯 날듯 부모님 곁으로 오던 길이다.

간혹 눈에 띄는 도시 티가 나는 건물과 간판이 낯설게 느껴지기도 하지만 온 나라가 변하는데 어찌 하겠는가. 하지만 길가 한편에 속삭이듯 흐르는 시냇물 소리는 아직도 정겹고, 양지쪽 산모롱이 밑으로 옹기종기 모여앉은 동네는 옛 모습으로 남아있다.

오늘 모처럼 홀가분하게 이 길을 가고 있다. 예전처럼 걷는 것은 아니라도 차 안 가득 가을 햇살의 따스함을 담고서 유유히 자동차를 몰아간다. 오늘따라 운전하는 재미가 새록새록 나는건 아마 혼자서 여유롭게 추억의 길을 달려서일 것이다.

6·25 때 사망한 사람들을 합동으로 묻었다하여 공포감에 걸음걸이가 언제나 빨라졌던 곳, 친구를 만나서 함께 노래를 부르며 걸어 온 적이 있는 길, 친구와 석별의 정을 나누기도 했던 길, 다음 모롱이만 지나면 친정집이다.

중학교 시절, 이쯤에서부터 자전거 타는 연습을 아버지와 함께 했었다. 아버지는 박씨 집성촌인 동네에서 엄하면서도 인자한 분이셨고, 동네 대소사(大小事)를 의논하려는 친척들의 발길이 잦았던 어른이셨으나 유독 막내인 나에게는 후하셨다. 그 시절에는 자전거도 여자들이 함부로 탈 수 없었는데도 달밤에 모험을 했다. 그러다 무릎이 엉망이 되어 돌아온 그 다음날 아버지께서는 이 곧은 신작로로 데려와서 자전거 뒤를 잡아주셨다. 그 후 나는 자전거 타기를 즐기는 별난(?) 여학생이었다.

몇 년 후 다리를 다쳐 객지에서 고생을 하다 전보를 쳤더니 그 날로 아버지가 달려 오셨다. 그 전날 읍내 자전거포에 맡겨진 아버지의 낡은 자전거에 걸터앉아 십 리가 넘는 이 길을 아버지의 등에 의지하여 집으로 왔었다. 그때 아버지의 등이 얼마나 크고 편안하고 따스했는지, 지금도 그 온기가 느껴지는 듯하다. 이 세상 험한 풍파를 다 막아 주실 것 같던 크고 넓은 등과 어깨는 어느 날 좁디좁은 어깨의 위암 환자가 되어 이 세상을 떠나셨다. 막내딸의 손을 잡고 신식 결혼식 입장하신다더니 참 바삐도 가셨다.

신작로 따라 옛 생각에 취해 친정집에 도착하니 오빠 내외가 변함없이 반기신다. 아버지가 즐겨 말씀하시던 옛이야기 중 한 대목이 생각났다. "시집간 딸 친정집에 오면 짭짤한 것은 감추란다고 어느 부인이 소금 항아리 들고 숨었다."는 이야기를 회상하며 한바탕 웃었다.

몇 시간 후면, 오빠내외가 챙겨주는 곡식과 채소 등을 차 트렁크에 하나 가득 정과 함께 담아 신작로를 따라 다시 내 생활 속으로 돌아갈 것이다. 언제나 원하면 닿을 수 있고 가질 수 있는 행복이지만 간혹 잊고 살 때도 있다. 너무 쉽고 편해서 귀한 줄을 모르기 때문이다.

듬뿍 가지고도 더 채울 것을 목말라 하고, 늘 누리며 살면서 고마운 줄 모르고, 남의 행복을 끝까지 기뻐해 주기보다 나의 아픔만 큰 고통이라는 것은, 처음 신작로가 생기고 아스팔트가 깔렸을 때의 그 고마움을 잊고 사는 것과 같으리라.

아스팔트 깔린 신작로로 달리는 차바퀴 소리가 경쾌하다.

(1999.)

67

모전여전(母專女專) 3대

．
．
．

초등학교 3학년 자연시간에 시금치의 영양소를 배울 때었다. 우리가 첫 제자인 총각선생님은 시금치를 좋아한다고 하셨다. 그날 오후 그 이야기를 어머니께 지나는 말로 재잘거렸는데, 어머니는 그 길로 텃밭에서 서둘러 시금치를 뽑아다 깨끗이 다듬고 씻어 한소쿠리를 만드셨다. 그리고 나를 앞장세워 선생님의 하숙집으로 가져다 주셨다. 부끄럽다고 싫어했지만 그 후로도 햇감자를 가지고 가고, 옥수수를 막 쪄서 챙겨 주시고, 수박도 참외도 실하고 좋은 것만 있으면 선생님들께 가져다 드렸다.

그것은 내 자식만 잘 봐달라는 지금의 촌지와는 좀 다른 자식의 스승에 대한 정성이셨다. 어릴 적 선생님들께서는 수줍음이 많은 나를 꽤 귀여워 하셨으니 아마도 더 흥이 나서 뭐든지 열심히 하려 했는지 모른다.

지금은 내 고향 용인시 운학동이 도시나 다름없지만 그때는 산골 학교였다. 학생 수가 그다지 많지 않아서이지만 어린 시절 다양한 경험을 활개펴고 하였던 것 같다. 사생대회나 글짓기대회도 참가해 입상하고, 달리기 계주선수로 군내 체육대회에도 나가고 지금은 잘 쓰지 않는 주산대회도 나가며 유년 시절을 티없이 해맑게 보냈다.

6학년 때 일이다. 군내 학교대항 무용대회가 열린다 했다. 여름 방학 내내 무용반원으로 뽑혀 발이 부르트도록 연습을 거듭하였다. 가을이 되어 대회 날이 다가왔다. 넉넉지 못한 우리 살림에는 비싼 무용복과 신발을 사 달래기가 어려웠다. 무용선생님이 집까지 찾아오시고 자초지종을 들은 부모님은 알았다 하시곤 서로 눈치만 살폈다. 때마침 오빠의 고등학교 수업료도 걱정을 하던 차라 더 어려워 하셨다. 양식을 걱정하던 때이고, 아버지께서 돈을 만들기가 어렵다 생각하셨는지, 어느 장날 어머니는 장에 다녀오시더니 무용복 값이라며 돈을 주셨다. 그 밤에 좋아할 사이도 없이 아버지의 호령으로 그 돈을 장만하신 방법을 알게 되었다. 지금도 가슴이 미어지는 일이다. 탐스럽던 어머니의 쪽머리가 반으로 줄어서 쪽을 만들기가 어려워 검은 헝겊을 대고 쪽을 만드신 것을 보고서야 그 돈의 정체를 알았다.

60년대 우리나라 수출제품의 첫 주자가 가발이던 때이니 시골 장터에 자리잡고 아낙들의 머리숱을 쳐서 가져가는 상인들이 있던 시절 이야기다.

어린나이지만 그 돈을 가져다가 무용복 값을 선뜻 낼 수가 없었다. 어머니의 간곡한 권유로 무용복을 겨우 다른 친구들처럼 장만하고 용인극장 무대에서 공연을 했다. 군무(群舞) 1등이었다. 군청소재지의 학교를 제치고 좋은 성적을 거두고도 난 그것을 기뻐만 할 수 없었고, 오랜 시간 어머니의 엉성한 쪽머리가 내 죄 같았다. 그 귀한 하얀 망사 무용복은 결혼 후에도 친정집 다락에 보물처럼 보관되어 있었으니 나에게 그 무용복은 무언의 교훈이었다.

엄마가 되어 자식을 키울 때 내 부모의 정성을 그대로 따라해 보지만 쉽지가 않았다. 초보엄마 시절, 가끔씩 연로하신 어머니가 딸집에 다니러 오셨는데 나의 별난 자식사랑에 역정을 내시곤 했다. 지나친 애정이 아이를 힘들게 할까 봐 적당히 하라고 하셨다. 그럼 난 그랬다. "아무리 그래도 엄마처럼은 못 해요." 감히 엄마의 머리 이야기를 꺼내지는 못하지만 늘 마음속에 헐렁하던 쪽머리를 생각하며 마음을 아려했기 때문이다.

우리 아이들은 유치원부터 고등학교를 졸업할 때까지 13년 이상을 개근상을 받았다. 아이들이 건강하게 자라기도 했지만 웬만한 병은 업고가서 조퇴를 하고 올만큼 나름으로 아이들 교육에 열의가 있었다.

아이들의 숙제를 위해 시간을 쪼개서 농촌체험을 시키고, 식목일 식수행사를 위해 마당도 아닌 옥상에 흙을 퍼다 화단을 만들어 나무를 심게 하고, 박물관에 함께 가서 일일이 메모해 오고, 애들 교육이라면 선구자 같은 흉내를 냈다. 아이들은 그런 부모의 마음을 아는 듯이 어릴 적에는 꽤 두각을 나타내며 우리를 기쁘게 해줬다.

지금도 부모님의 늦둥이 막내딸에 대한 사랑을 잊을 수가 없다. 그 많은 정성과 사랑으로 성장한 내가 그 사랑을 고스란히 자식에게 퍼 부었는데, 지금 내 딸은 제 자식 사랑에 눈물겹다. 일주일에 두 번 할머니 운전기사노릇을 해서 가는 문화센터 수업에 늦지 않겠다고 나를 뒤로 하고 돌도 안 된 손자와 이제 만3세가 되는 큰녀석을 업고 안고 뛴다. 내가 허리수술로 고생을 하니, 가냘픈 몸매로 달음질하는 딸을 가방을 들고 쫓으며 '모전여전(母傳女傳) 3대' 라고 중얼 거린다.

(2012.)

그리운 까치소리

∙
∙
∙

　오늘 따라 유난히 마음이 스산하다. 가을바람 탓일까.

　일터에서 평소보다 조금 이른 시간에 부리나케 집으로 왔다. 마음 가득 밀물처럼 밀려오는 그리움을 삭이며, 아파트 현관에 들어선다. 오늘쯤은 소식이 왔을까? 큰 호흡을 하며 아파트 현관에 가지런히 정렬된 우체통에 서둘러 시선을 둔다.

　텅 빈 우체통, 그래도 다시 뚜껑을 열고 들여다본다. 기운이 스르르 온몸에서 빠져나간 듯 맥이 풀린다.

　첫사랑의 몸살을 앓는 소녀인 양 요즈음 군대에 간 아들의 소식을 기다리는 중이다. 편지를 기다리며 애를 태우면 남편과 딸아이가 핀잔을 주기도 하지만 조바심 많은 성미는 어쩔 수 없는 친정 어머니의 유산인 걸 어쩌겠는가.

처음 두 주 동안은 매일 매일의 일과를 일기처럼 적어 보내더니, 훈련이 고단해서 그런지 3주 내내 소식이 없다. 무소식이 희소식이려니 하면서도 밤이면 쉽게 잠을 이루지 못한다. 자식이 뭔지, 그애는 첫번 편지에 "어머니 아들 군대 보낸 것 그냥 고마워하세요." 했다. 아마 그애는 처음부터 제 어미의 성미를 알아서 그랬을 것이다.

그랬었다. 내 어머니도 군대 간 오빠를 위해 장독대에 정한수한 사발 올려놓고 비가 오나 눈이 오나 지성을 드렸다. 찬바람이 나고 서리가 내리기 시작하면 뒷동산 밤나무 가지의 까치소리는 유난히 큰소리로 들려왔다.

어느 날, 어머니는 주름진 얼굴에 환한 미소를 가득 담고 아침상을 차려 내셨다. "오늘은 기쁜 소식이 오려는가 보다. 아침내내 까치가 저렇게 울어대니." 어머니는 까치의 울음소리를 신앙처럼 믿고 계셨다. 그게 어찌 내 어머니뿐이랴. 이 세상 모든 어머니들은 자식을 품에서 떠나보내고 까치의 소식에 마음 태웠으리라. 내가 어머니의 곁을 떠나 있을 때도 매일매일 까치의 소식을 기다리며 정한수를 올리셨을 것이다.

그런데 이젠 나도 어머니가 자식을 위해 올렸던 정한수를 마음에 담고 매일매일 조심스럽게 살아가고 있다.

며칠 전, 아들이 유치원 다닐 때 알게 된 자모들의 모임이 있었다. 아이들이 다섯 살 때부터 엄마들끼리 하는 모임이라 이젠 속내를 보이는 다정한 친구가 되었다. 애들이 동갑이니 지금은 거의 군복무 중이다. 아들들이 아주 어릴 때는 모두가 자식 자랑으로 시간을 온통 다 써버리더니, 중·고등학생이 되고 사춘기가 되면서 모든 엄마들은 아이들과 부딪치는 하소연으로 서로를 위로해 주었는데 지금은 온통 군대 얘기뿐이다. 어떤 친구는 병무 전문가가 된 듯 어찌나 아는 것이 많은지 우리는 그를 군대 박사라 놀리곤 한다. 아마도 앞으로는 며느리 이야기, 손자 이야기 등으로 화제를 바꾸면서 우리들의 만남은 계속 소란스러울 것이다.

나의 어머니가 그러셨듯이 나도 도시의 콘크리트 숲에서 쉽게 들을 수 없는 소리일지라도 마음의 귀를 열고 까치의 소리를 들으며 살아갈 것이다. 어떤 선배는 자식을 군대 보내고 수도자처럼 살게 되더라고 했지만 그렇게까지는 못하더라도 마음을 다스리며 살고 싶다.

이제껏 무심히 들어 넘긴 까치의 소리는 얼마나 될까. 혹시나 이웃의 기쁜 까치소리에만 더 수선을 떨며 반기진 않았을까. 어둡고 구석진 곳에서 나는 작은 소리도 금방 알아들을 수 있는 가슴을 가졌으면 좋겠다.

그리고 이 세상 어머니들의 아들에 대한 기도가 까치의 소리로

저들에게 전해지길 바란다. 그러면 어미의 속마음이 영내(領內)
울타리를 넘어 아들에게도 전해지리라.

오늘 아침 드디어 까치가 울어댄다. 아들에게 소식이 오려는가
보다.

(1999.)

짝사랑이라도 좋다

:
:

이른 아침, 급하게 울리는 전화벨 소리에 깜짝 놀랐다.

평소 침착하기만 한 사위인데 다급한 음성이다. "저희 병원에
왔습니다." 언제부터 진통이 왔느냐고 다급하게 물으니, 지난 밤
새 가진통인 줄 알고 집에 있다가 새벽에 왔다고 했다.

"아직 예정일이 며칠 남았는데." 하며 허둥대는 나에게 "우리
첫 손자가 급했나 보다."며 어서 병원으로 가자고 남편이 더 서두
른다.

제 자식 산고를 보는 일은 만만한 일이 아니었다. 안절부절못하
는 나에게, 도리어 딸아이는 아직은 견딜만하다며 침착한 모습을
보인다. 이 산고를 어찌 견딜지 하는 마음에, 기쁨보다도 두려움

이 앞선다. 오래 전, 내가 첫아이를 출산하는 모습을 지켜보던 친정어머니는 그 힘든 시간을 견디셨는데, 끝내 순산이 어렵게 되어 수술실로 딸을 들여보내고는, 당신 잘못 같아 사돈 앞에 눈물을 보였다면서 오랫동안 미안해 하셨다.

세상에서 가장 긴 하루가 갔다. 엄마인 내가 자식을 위해 해줄 수 있는 일이 별반 없다는 것이 답답할만치, 딸아이의 산고는 크고 길었다.

늦은 저녁 시간에야 분만실 앞에서 손자를 데리고 나오는 사위와 간호사에게 먼저 산모의 안부부터 물으며 들어가려니 간호사가 제지를 한다. 얼마나 세상에 나오기가 힘들었는지 그 녀석도 머리에 난 혹을 가리느라 모자를 쓰고 나왔다. 사위는 안도와 기쁨으로 눈시울이 벌겋게 되었다.

분만 직전, 가족 분만실임에도 불구하고 다급한 상황이 되니, 양가 부모도 다 내보내고 진짜 보호자인 사위만 남게 하더니만 꽤 힘들었나 보다.

잠시 후, 다시 분만실 문이 열리기에 딸의 모습을 보아야 안심이라며 밀고 들어갔다. "장하다 우리 딸!" 하니, 딸은 얼마나 힘들었는지 울먹이면서 내 손을 잡는다. 그러면서도 그 마지막 순간에는 보이지 않은 힘이 자신을 도와주는 듯 큰 힘이 생겼다고 한다. 이렇게 내 딸은 장하게도 '엄마'가 되었다.

요즘 내 기분은 꽃구름을 타고 노는 것 같다. 할머니가 되면 이런 행복이 있을 줄 몰랐다. 하루가 멀다 하고 손자를 보러간다. 근심걱정이 생겼다가도 그 녀석을 보면 다 잊어버리게 만드는 '엔도르핀' 제조기다. 누가 요즘 말로 벌금을 물린다고 으름장을 놓아도 손자애기다. '외손자 사랑은 짝사랑'이라며 핀잔을 들어도 괘념치 않는다.

내가 알고 있는 모든 동요와 자장가로 아이의 잠을 청하고, 새삼스럽게 아이의 작은 움직임에도 천하를 얻은 듯 신기하기만 하다. 오물거리다 찡긋 웃는 모습이 영락없이 제 어미의 어릴 적 모습이다. 그래도 사위가 서운할까 봐 아빠도 닮았다며 발가락, 손가락을 내보이면 웃어 준다.

사돈댁에서 이름을 작명하여 보물단자에 담아 보냈다. 사돈댁의 정성과 염원이 함께 든 '심현재(沈玄宰)'가 우리 첫 외손자의 이름이다.

세상에서 가장 귀한 보물을 받았으니 제 부모는 물론이고 조부모 그리고 이 사회도 제대로 양육해야 한다는 사명감을 생각한다. 딸도 갈수록 엄마노릇을 잘하고 있다. 제 자식 돌보는 솜씨가 이제는 제법 의젓하다.

늘 마음속으로 기도한다. 우리 손자가 살아가는 동안 건강한 육신으로 부모와 형제와 신앙 안에서 행복한 삶을 이어가면 좋겠다. 자신의 꿈을 키우는데 어려움이 없었으면 좋겠다. 슬기롭고 현명하여 매사에 올바른 선택을 하면 좋겠다. 간혹 어려움이 닥쳐도 용기를 갖고 긍정적인 사고로 이겨낼 수 있으면 좋겠다. 부모와 주변사람들에게 사랑과 신뢰를 받고, 주는 사람이면 좋겠다. 학문을 탐구함에 지혜롭고 사려 깊은 사람이면 좋겠다. 이기심보다 이타심을 가지고 머리보다 가슴으로 사랑할 줄 아는 진실한 사람이면 좋겠다. 정의롭고, 진실하고 겸손한 아이면 좋겠다. 가벼운 말보다는 진중한 행동으로 신뢰감을 얻는 사람이면 좋겠다.

　내 마음이 이럴진대 딸 내외의 마음이 이보다 덜 하겠는가?

　그러면서 나를 돌아본다. 난 내 자녀들을 이런 사람으로 키워내기 위해 얼마나 노력했는가. 아이들에게 인생의 거울은 되었는가. 내 부모도 나를 똑 같은 마음으로 키워 주셨을 것이고, 나도 그런다고 하긴 했는데 말이다.

　'작은 경첩이 큰 문을 지탱한다'고 한다. 우리의 행동 하나하나가 후손을 키워내는 밑거름이 된다는 사실을 새삼스레 느끼면 마음이 숙연해진다.

　먼 훗날, 이 귀한 보물을 잘 가다듬고 보듬어서, 딸 내외가 후회 없이 기쁨으로 자식을 바라 볼 수 있었으면 좋겠다.

(2008.)

세월의 숲

:

칠월의 숲은 여유 있는 중년의 모습이다. 한줄기 소나기라도 지나고 나면 그 숲은 더욱 빛을 발한다.

'먹골배'로 명성을 떨치던, 도시 속 과수원을 밀어내고 들어선 아파트 단지로 15년 전 입주하여, 주방의 작은 창 너머로 보이는 정원의 사계를 만나는 행운을 누리고 있다. 처음 이사왔을 때는 잎사귀 몇 개만 달랑거리는 은행나무와 겨우 기운을 차린 가녀린 소나무, 생기라곤 찾을 수 없는 또 다른 정원수로 어설프기 그지 없었다. 단체로 억지로 이사 온 듯 올망졸망한 나무를 보며 겨우 가난을 면한 지난날 내 신접살림 같다는 생각을 했었다.

개나리, 영산홍, 목련나무, 단풍나무 등의 형상은 단칸방에 세 들어 신접살림을 났던 세간처럼, 어우러질 여유도 없이 바로 닥쳐

온 추위에 벌벌 떨고 있었다. 그런데 그 어설픈 나무들 사이에 눈에 꽉 차는 나무 두 그루가 있었다. 그것은 어린 나무들의 어버이처럼 꽤 큰 덩치를 유지하며 아파트 측면 벽 앞에 우뚝 버티고 서있었는데, 첫 대면부터 난 그 나무들의 위풍당당함이 좋았다.

몇 해 전, 일본 하꼬네에 있는 국립공원에 갔었다. 산림욕을 하자며 가 본 숲에는 내가 늘 창문으로 바라보던 그 나무의 군락 지여서 반가웠다. 삼나무라고 하는데 일본에는 그 나무가 퍽 많았다. 측백나무과로 사우나에서 만나는 히노끼라는 나무와 같은 수종이며, 속이 단단하여 가구용으로도 쓰인다고 한다.

삼나무와 함께 한 해, 두 해가 가며 정원의 모습은 점점 어우러져 갔다. 숲은 점점 활력을 띠며 계절마다 색다른 자태를 드러냈다. 봄 꽃동산이 가고나면 새들이 다가와 인사를 건넸다. 어느해 부터인가 삼나무에는 까치네 두 가구가 둥지를 틀었다. 그 까치의 지저귐은 옛날 어머니의 신앙처럼 내게도 반가운 소리로 다가왔다.

아들을 군대 보내고 아침에 까치가 울면 아들의 편지를 기다리고, 저녁나절 부지런히 들락거리는 그들의 모습을 보며 아들의 휴가를 기다리곤 했었다. 아들이 제대 후 7년을, 외국에서 생활할 때도 온라인을 통해 자주 소식을 주고받으면서도 어스름 어둠이 깔리는 저녁이면 까치의 노랫소리가 그리움으로 변하곤 하였다.

그렇게 세월이 흐르며 창 너머로 보이던 옆 단지의 일상이, 숲이 우거지며 잘 보이질 않는다. 아이들의 재잘대는 웃음소리와, 어른들의 험난한 주차전쟁도, 이삿날 고가사다리의 곡예도, 경비실 앞 재활용을 정리하는 주민들의 분주함도 그 숲에 가려지고 있지만 삼나무와는 늘 정면으로 인사를 한다.

어느새, 삼나무는 아파트 2층 높이에서 8층까지 키가 자랐다. 늘 내려다보던 내 시선이 어느 해부터인가 올려다보게 되었다. 보통 삼나무는 40미터까지 자란다는데 12층 아파트의 높이를 능가하는 모습으로 자라게 될 그때를 상상하다 말고, 나를 투영해 보는 버릇이 생겼다.

건너편 어설프던 정원이 세월 따라 숲을 이루었듯이 내 살림에도 세월이 숲이 생겨났다. 올망졸망 내 품안에 있던 아이들이 내 둥지를 떠나 어느새 딸은 제 둥지를 틀었고, 이제 아들마저 곧 떠나려 한다.

그동안 이 숲을 이루기 위해 얼마나 많은 세월을 고단하게 살아냈는가. 인내의 한계는 얼마나 시험 받았고, 지혜의 샘을 파내려고 얼마나 애를 썼고, 내 안에 소음을 감싸려고 얼마나 전전긍긍했던가.

저 숲의 당당한 어버이처럼 난 그들에게 얼마나 든든한 어미였

는가. 세월의 숲은 거져 오는 것도 쉽게 오는 것도 아님을 절절히
알고 있다.

앞으로, 그들이 인생의 숲 가꾸기를 성공적으로 하길 기대한다.
그런 삶을 살기란 그다지 녹록치 않다는 것을 알기에 마음이 쓰이
지만, 나름으로 믿음도 간다. 그들에게 간혹 고난이 다가온다 해
도 용기를 잃지 않기를 바란다. 어쩌다 실망스런 일이 생겨나도
쾌활함으로 이겨내기를 바란다. 때론 승리의 기쁨이 찾아오더라
도 겸손으로 맞을 역량을 발전시켜 나갔으면 한다. 늘 긍정적인
사고로 세월의 파고를 헤쳐 나가기 바란다.

우리가 가꾼 세월의 숲보다 더 푸르고 풍성하기를 그저 염원할
뿐이다.

(2010.)

83

첫 경험

:
:

요즘 TV광고를 보노라면 재치 넘치고 예술성까지 느껴지는 흥미 있는 것들이 많다. 그러나 종종 문화의 문맹자처럼 이해할 수 없는 경우도 있다. 얼마 전 영국 프리미어리그에서 '산소탱크'라는 별명으로 활동하는 축구선수 '박지성 선수의 잠' 이라는 광고에서 태아가 힘차게 움직이는 것을 보면서도 무슨 광고가 저런 것이 있나 하며 신기하기만 했다.

그런데 오늘 딸이랑 동행한 산부인과에서 초음파로 아기의 사진을 보며 신비하고 감격스러워 주체를 못하면서도 뜬금없이 그 광고 생각이 났다. 그 축구선수의 태아적 모습만큼이나 부지런히 움직이는 내 손주와 신비롭게 첫 번째 대면을 한 것이다.

딸애는 내게 늘 첫 번째 경험을 선물한다. 아름답고 귀하다는 이름 '어머니' 란 이름표를 처음으로 달아 주고 기쁨 반 두려움 반의 철부지 엄마를 단번에 정신이 번쩍 들게 하더니, 가슴 설레는 동심으로 되돌아가 마음으로 함께 유치원이며 초등학교를 다니며 세상에 온갖 꿈을 다 꾸게 해주던 아이였다.

교복 속 단발머리 딸애의 모습이 뿌듯하고 사랑스러워 내 여고 시절을 회상하며 감상에 젖기도 했다. 나는 그렇게 늘 그애의 성장과 함께 어른이 되어갔다. 사춘기 열병을 앓는 청소년의 벅찬 엄마노릇도 모두 그와 함께 하며 성장했다. 첫딸, 그애는 내게 꿈이었고 기쁨이었다. 대학을 졸업하고 사회인이 되어서 첫 직장에서 적응하는 동안 사회 초년생으로서의 아픔을 못본 체하기가 너무 힘들기도 했지만, 그 후 딸은 사회인으로서 자리를 잘 잡아가며 제 몫을 단단히 해냈다. 그러나 혼기를 꽉 채우고서도 결혼생각을 하지 않아 은근히 걱정하던 차에 오랜 시간 친구라던 지금 제 남편과 결혼 결심을 알려왔다.

그 후 1년, 결혼준비로 또 다시 첫 경험이 계속되었다. 사위의 첫 방문, 그리고 어렵고 조심스럽기만 하던 상견례를 한 후 결혼 날짜가 잡혔다. 차근차근 결혼준비를 하며 딸아이와 하루에도 몇 번씩 의기투합과 충돌을 거듭했다. 서투른 솜씨로 인륜지대사(人倫之大事)라는 혼사준비에 한 계절을 다 보내고 지난겨울 딸아이는 곱게 웨딩드레스를 차려입고 결혼예식을 했다. 그 옆에 늠름한 모습의 사위는 평소보다 더 믿음직스러워 서운한 마음을 달래 주었다. 그렇게 또다시 첫 경험을 한 것이다.

아직도 가끔 딸아이가 빠져나간 방에 불을 켜고 들어가 본다. 딸아이의 체취가 느껴지는 가구와 옷가지가 아직 그대로 가지런히 자리하고 있다. 결혼 전 늦은 귀가로 늘 제 아버지랑 실랑이를 벌이던 딸애가 제 집에서 전화를 걸어온다.

"엄마 뭐하세요? 저 집에 왔어요." '그랬지 제집이 따로 있었지.' 혼자 안도의 미소를 짓는다.

주말, 둘이 함께 친정엘 오겠다고 연락을 해오면 무엇이 그리 기쁜지 제 아빠는 분주하다. 이렇게 백년손님을 맞으며 점점 그 손님이 자식으로 다가오고 있다.

그런데 3주전 딸 내외는 기쁜 소식을 전해왔다. "장모님, 너무 일찍 할머니 되시게 해서 죄송합니다." 수화기 넘어 사위의 음성이 또 다른 첫 경험에 벅차게 했다.

오늘 초음파로 처음 만난 아가는 부지런히 손발을 움직이며 우리에게 인사를 해 왔다. 제 엄마와 할머니가 처음 만난 풍성한 가을에 우리는 만나게 된다. "건강한 모습으로 만나자 아가야!"라며 마음으로 인사를 나눴다. 경이롭다! 그리고 대견하기 그지없다. 어떤 아이가 우리 곁으로 올까 하는 기대로 첫 손주와 대면은 또 다른 꿈을 꾸게 한다.

앞으로 내 일생에 새로운 경험이 얼마나 더 이어질까. 아마도 이제껏 내가 지나온 세월보다 더 벅차고 감동적인 것도 있을 것이고, 버거운 무게의 두려운 일도 함께 할 것이다.

지금껏 '긍정의 힘'을 믿고 줄기차게 달려온 것처럼 변함없이 그 힘을 믿어보려 한다. 그래서 오늘 느끼는 이 앙글지고 따스한 감동을 인생의 다양한 첫 경험을 하게 하는 딸이랑 오래도록 나누고 싶다.

곧 우리 곁으로 올 손주와 함께.

(2008.)

새 식구

오늘도 스마트폰을 들여다보며 아침인사를 나눈다.

'잘 잤니? 미나 엘리스 손!' '오늘 더 예쁘고 많이 컸네.' 혼자 중얼거리다 말고 피식 웃고 말았다. 멀리 타국에 있는 손녀의 사진을 며느리가 방금 동영상으로 보내왔기 때문이다.

거리와 공간개념이 무뎌졌다지만 이럴 때마다 그리움과 애잔함에 마음이 짠하다.

2년 전, 배꽃처럼 곱고 화사한 친구의 딸이 내 며느리가 되었다. 친구끼리 사돈이 된다는 것이 어려울 거라며 혼기가 꽉 찬 아이들을 소개해 놓고도 큰 기대를 갖지 말자고 서로 다독였는데 인연은 가까이에 있었다.

그들은 1년 넘게 열심히 서로를 알아보더니 결혼을 하겠다고 했다. 연분이 따로 있고, 어느 구름에 비가 들어 있는지 모른다더니 참으로 반갑고 고마운 일이었다.

　성품이 유순하고 예의바른 며느리와 늘 여유 넘치는 아들은 서로에게 동지 같이 든든한 부부가 되었다. 신혼생활 6개월을 바쁘게 보내고 아들은 박사학위를 얻고자 출국하면서, 또 긴 작별을 했다. 친정 부모와 처음 떨어지는 며느리가 안쓰러우면서도 오랜 시간 타국에서 혼자 보낸 아들이 제 짝과 동반해 출국장을 나가는 것을 보며 마음이 훈훈하고 든든했다. 그동안 혼자서 객지로 떠나는 아들의 뒷모습을 보며 가끔은 눈물을 흘렸는데, 이젠 아들이 백만 대군을 동반하게 된 것 같아서 마음이 놓였다.

　며느리는 타향살이에 적응하기도 전에 곧바로 임신 소식을 전해왔다. 입덧으로 힘들까봐 양가 어머니들은 한 걱정을 하였는데 입덧도 크게 없이 잘 지낸다며 안심 시켰다. 타국에서 먹고 싶은 것이 많을 텐데도 속 깊은 며느리는 자급자족으로 잘 해결해 나갔다. 예정일보다 며칠 이르게 진통소식이 오더니, 아들은 출생까지의 몇 시간을 '카톡'으로 중계를 해주었다. 오랜 산고 끝에 한쪽 눈만 뜬 손녀 사진과 산모 사진을 연속해서 보내주었다.

　해산구완을 위해 아이들 곁으로 간 안사돈의 정성으로 새 식구 맞이를 잘 하고 집으로 데려 오는 날, 아들은 흥분을 감추지 못했다. 이렇게 며느리가 새 식구가 되고 일 년 반 만에 이 세상 많고 많은 가정 중에 우리 집으로 와준 사진 속 손녀가 고맙고 대견스러웠다.

매일 매일 육아일기 쓰듯 아이의 사진을 보내오는 자상한 며느리 덕에, 양가 조부모들은 커가는 손녀 재미에 세월 가는 줄 모르고 지내면서도 한쪽에는 늘 아쉽기만 했다. 그런데 마침 아들이 대만으로 학회 참석하러 가는 길에 잠시 며느리와 손녀를 데려올 수 있다하여 밤잠을 설치며 손녀를 기다렸다.

드디어 그날, 양가 할아버지 할머니들은 초조하게 공항에서 새 식구를 맞을 준비를 하였다. 4개월을 갓 지난 어린 손녀가 장거리 비행을 어찌 할까를 염려하는 어른들의 마음을 헤아렸는지, 입국문을 나온 손녀는 제 어미 품에 안겨 초롱초롱 눈을 빛내며 방실거렸다. 제 부모는 여행의 피로가 역력한데 저는 첫 상면을 잘 하려는 듯 방글거려 마음을 놓게 해줬다.

양가 조부모들은 누가 뒤질세라 비디오카메라를 준비한 할아버지, 목을 길게 늘이고 입국장을 분주히 오고가시는 외할아버지, 핸드폰 카메라를 들이대는 할머니들로 공항은 잠시 국빈을 맞는 행사장 같았다.

다음날 바로 학회에 참석하기 위해 대만으로 아들은 출국하고, 새 식구인 모녀는 우리와 함께 지냈다. 제 친정을 마다하고 시부모를 배려한 며느리의 마음씀이 고맙기만 했다. 아들 방에서 지내는 새 식구가 대견해 자꾸 들여다보고, 아침에 손녀가 깨면 잽싸게 안방으로 데려와 어르고 놀아주는 남편은 처음 할아버지가 된 듯 즐거워한다. 무슨 끌림이라도 있는지 제집에서보다 더 잘 자고 논다며 제 어미는 신기해했다. 그렇게 잠시 달콤한 시간을 보내다가 친정으로 보내고 며칠, 학회를 끝내고 돌아온 제 아빠와 손녀는 다시 친가와 외가를 분주히 오고 가며 지냈다. 이렇게 꿈결처럼 보름간의 일정을 보내고 아들 내외와 손녀가 다시 제 집으로 돌아갔다. 며칠간의 축제는 끝나고 손녀는 진한 효도를 했다.

다시 아기의 일상이 사진 속에 담겨있고, 재치 있는 며느리의 메시지는 양가에 활력소가 되고 있다.

'뒤집기 한판승입니다' '다정한 붕어빵 부녀' '손가락이 닮은 모녀' '동물친구들과 놀고 있어요.'라며 찰나를 찍어 보내고, 첫 이유식을 해 먹이면서 기념식을 하듯 동영상을 보내며 '그녀는 신세계를 보았습니다.'라고 해서 즐겁게 하고, 어쩌다 얼굴을 가린 사진을 찍어 보내며 '초상권 침해라 안 된답니다.' 라는 재치있는 멘트를 곁들여 우리를 행복하게 한다.

남녀가 부모 슬하를 떠나 가정을 이루어 식구가 되고, 아이들이 태어나서 균형을 이루고, 다시 배우자를 만나 식구를 늘리고, 손자들이 태어나 그 세를 늘리면서 한 가정이 차려지는 것 같다.

　이것이 사람 사는 순리인데, 어떤 가정은 새 식구를 마냥 손꼽아 기다리게 해서 안타깝게 하고, 가끔은 식구 늘리기를 반기지 않는 사람들이 늘어나 사회적, 국가적으로 문제가 되기도 한다.

　그런데 우리 며느리는 신세대답지 않게 빨리 둘째를 낳아야 한다며 서두른다 하니, 이 또한 복이 아닌가. 나는 앞으로 태어 날 새 식구를 상상하며 달콤한 꿈의 나래를 펼친다.

(2012.)

인생의 자리

.
.
.

미국으로 유학 간 조카에게서 전화가 왔다.

"작은어머니, 저 아들 낳았습니다." 늠름한 조카의 음성이다. 수화기 너머로 기쁘게 축하인사를 나누었다. 세월이 유수라더니, 지금 막 아빠가 된 그 조카는 내가 결혼 할 때는 다섯 살짜리 귀여운 아이였다. 결혼사진 맨 앞줄에 올망졸망 서 있던 귀여운 조카들 중 한 아이였다.

오늘 나는 또 다른 할머니가 되었다. 결혼 전부터 이모할머니, 언제부터인가 고모할머니가 되었고, 그리고 오늘 작은할머니가 되었다. 아마도 그냥 할머니가 될 날도 얼마 안 남은 듯하다.

지난 설날에도 변함없이 종가(宗家)인 큰형님 댁에 대가족이 모였다. 오랜 세월 종부(宗婦)로서의 소임을 다하신 어머님의 뒤를 이어 큰형님께서 집안의 대소사(大小事)를 주관하고 있다. 요즈음은 내가 새댁일 때보다 훨씬 가족이 많이 늘어 예전보다 더 북적북적하다.

어머님과 여섯 며느리가 부엌에서 어울려져 큰일을 할 때보다, 이제 조카며느리까지 함께 하다보니 매사가 척척 손발이 맞아 즐거운 명절 분위기가 한층 더해진다.

한쪽에서 전을 부치면 한쪽에서는 만두를 만들고, 나물을 장만하고 또 한켠에서는 제기(祭器)를 정리하면서 명절 준비를 하다보면 어느새 가족애가 음식 냄새와 어울려져 마음이 편안해진다. 부엌에서는 그동안 밀린 이야기로 웃음꽃을 피우고, 방에서는 아버님이 해마다 하시던 생률 치기는 대를 이어 큰시숙님이 하시고, 다른 쪽에서 시동생들이 지방(紙榜)을 준비한다.

어느 결에 세월은 아버님과 어머님을 증조부모로 만들어드리고는 일선에서 물러나시게 했다. 하지만 증손들 돌보시기가 더 즐거우신 모양이다.

이렇듯 정겨운 가족의 모습이 서로의 힘이 되고 위안인 것이 얼마나 고마운 일인가. 그런데 명절만 되면 매스컴에서 '명절 증후군'이라는 신조어를 만들어 무슨 대변이나 해 주는 양 먼저 야단법석을 떨고 있다. 아직도 대다수의 여인들은 어머니의 마음으로 수고를 뛰어넘고 있는데 말이다.

시댁 고향 마을에는 아직도 조상의 은덕을 기리는 사당이 있다. 명절날 차례를 모시기 전에 우선으로 제를 올리며 집안의 대소사를 고하고, 새 며느리가 들어오면 사당제사를 올리는 풍습을 아직도 지키고 있다.

큰형님께서 시절이 좋아졌음을 비유 할 때 꼭 회고하는 말이 있다. 당신은 이십 리 길을 눈을 헤치고 와서 사당에 인사를 드렸다고 한다. 그것도 아랫시동생이 군화를 신고 길을 닦아주면 뒤를 따라 어렵사리 왔다고 하며 좋은 시절 만나 편안해진 것을 고마워하란다. 둘째 형님은 버스를 탔고, 그리고 셋째인 내가 올 때는 시숙님의 차를 타고 왔고, 지금은 신랑차를 타고 오니 격세지감(隔世之感)이라며 입버릇처럼 하신다.

세월 따라 달라진 게 어디 이뿐이랴. 명절날 아침이면 차례를 모신 후에 세배를 하는데 부모님께 세배를 드리고 나면 곧바로 백발이 성성한 자식들이 부모님 앞에서 세배를 받는다. 어색하여 몸둘 바를 모르면서도 한바탕 웃음꽃을 피운다. 세배를 마치면 아이들은 모처럼 넉넉해진 용돈으로 즐겁기만 하다. 숫자를 알 나이가 된 아이들은 액수를 세느라 정신이 없다.

내가 어렸을 땐 세뱃돈 대신으로 다식과 엿 그리고 곶감 등을 받았다. 어머니가 복주머니라며 채워주신 색동주머니에는 귀하고 맛있는 것들이 불룩하니 배를 내밀어 그런 날이 매일이길 바랐었다. 명절이면 먹을 것도 흔해서 좋았지만 어른들이 정감 있게 덕담을 해 주시는 것이 더 좋았다. '건강하거라' '공부 잘해라' '예뻐지거라'는 덕담에 그 해는 저절로 그렇게 될 것이라 의심하지 않았다.

정초에 사랑방에서 들리는 손님들과 아버지의 유쾌한 웃음소리는 이 세상 모든 여유를 다 가진 듯 평안을 주었다. 그때는 어른은 처음부터 어른인 줄 알았다.

지금의 젊은 부모에게서 좀처럼 찾을 수 없는 여유와 인자함에 아이들은 마냥 천진스런 꿈을 키웠다.

이렇게 세월 따라 내 인생의 명절날의 풍경이 점점 달라지고 있다.

오늘 나는 자리 한 계단을 가뿐히 오르고 말았다. 앞으로도 그 계단은 점점 높아질 것이다. 그러나 세대 간을 연결하는 연결 사슬에서 약하고 쓸모없는 고리는 되고 싶지 않다.

(2001.)

닮아 가는 삶

．
．
．

　"건강하고 보람 있는 한 해가 됩시다." 새해 첫날에 주고받는 우리 부부의 대화이다.

　어느새 머리에 내려앉은 하얀 세월이 마음 또한 시리게 하지만 내 모습을 그에게서, 그의 모습 또한 나에게서 쉽게 찾아 낼 수 있는 세월이다.

　알게 모르게 생각이 닮아 있어서 때론 감탄하고 때론 권태롭기도 하지만 어쩔 수 없는 내 것으로 받아들인다.

　몇 해 전까지만 해도 알력과 다툼이 가끔 있었지만 이젠 버거운 그의 십자가가 내 것인 양 나의 어깨에 내려와 무겁게 눌러댄다.

　그의 장점이 더욱 커 보이고, 단점이 예전보다 조그마하니 그 또한 그럴 것이다. 부부의 정의를 지금 당장 쉽게 내릴 수 없더라도 아마 세월의 무게만큼 서로를 연민으로 바라보는 것일는지도 모른다.

IMF라는 낯선 단어가 평온하고 단단했던 이웃 선배의 가정에 휘몰아쳤다. 잘 되어가던 회사의 중견으로서 늘 당당하고 빛나던 가장이 어느 날 조기 퇴직자가 되었다. 애써 의연한 그의 뒷모습과 가장의 무거운 짐을 잠깐 내려놓고서 안절부절못하는 것을 보는 것이 마음이 무거웠다. 충실하고 정직했던 세월만큼 보상받고 싶은 심리가 가득 하련만 사회적 분위기에 어쩔 수 없이 떠밀려 책과 자연과 더불어 세월만 낚는 듯 했다.

변화된 그 가정의 생활을 바라보며 가끔 우울한 마음으로 걱정을 나누기도 하지만 어찌 그 선배 부부의 마음을 다 이해할 수 있으랴.

언젠가는 우리 가정에도 그런 일이 닥칠지도 모르지만 상상만으로도 숨이 턱에 찬다.

남편은 정월 초하루 벽두부터 농을 걸었다. 아마도 자신의 나이에 실감이 안 나는 듯 뚝 잘라 10년을 빼고는 나보다 적다며 연상의 아내랑 산다고 싱거운 소리를 한다. 아마 그는 요즘 세월의 속도감을 더욱 느끼는 모양이다.

요즈음 남편에게 가끔 노후에 우리가 할 수 있는 일에 대하여 생각해 보자고 이른 독촉을 한다. 서로에게 넘치는 시간이 부담이 되면 어쩌나 하는 우려 때문이다.

운동이든, 죽이 척척 맞을 취미든, 적극적인 교회활동이든 자원봉사라도 노년에 뜻이 잘 통하는 부부로 살고 싶다. 갑자기 넘쳐 흐를 시간이 다가온다면 당황하지 않았으면 좋겠다. 혹시 그런 시간이 준비가 덜된 상태에서 다가오더라도 서로 위로하고 격려할 수 있는 너그러움이 남았으면 좋겠다.

지금보다 더 많은 시간이 흐른 후 더 큰 무게로 서로에게 부담이 되더라도 지난 시간을 뒤돌아 추억하며 미소 지을 수 있는 삶, 아름다운 영상으로 살아나 위로하는 부부로 살면 좋겠다.

우리 부부가 닮아 가는 모습과 생각만큼 든든한 동지로 서로에게 남아 가장 큰 후원자가 될 수 있다면 이보다 더 좋을 수는 없을 것이다.

(2000.)

시계의 추억

가을맞이

•
•
•

올해도 고추를 말렸다.

몇 해 전부터 연례행사처럼 하는 일이다. 도심 한복판 그것도 공동주택에 살면서도 이 행사를 멈출 수가 없다.

맛깔스런 태양초를 가져다 먹으면서도 친정어머니 생전에는 그 노고를 짐작하지 못했다. 그저 가을 햇빛이 거저 해주는 일인 줄 알았다. 그 후 언니들의 수고로 몇 해 편히 얻어먹다가 나이를 먹으면서 슬슬 눈치가 보이기 시작했다. 아마도 철이 난 것일 게다. 한두 해는 지인의 소개로 농촌에서 고추를 직접 공수해도 통김치 맛과 빛깔이 마음에 들지 않았다.

어느 해, 남편에게 제의해 농수산물도매시장에서 생고추 몇 박스를 사다가 씻어 널며 태양초 만들기에 도전했다. 그런데 주민의 안전을 위해 걸어 잠근 옥상 문을 여는 일부터 난관에 부딪쳤다. 어렵게 유사 시에는 책임을 지겠다는 각서를 쓰고서야 겨우 경비실에서 열쇠를 얻어 와 고행의 문으로 들어갔다.

날마다 기상청 예보를 점검하고도 혹시 소낙비라도 오면 어쩌나 하는 조바심에 외출도 남편과 번갈아 한다. 자주 놀러오는 외손자들에게도 고추를 말리는 며칠은 출입통제를 시키고, 혹시 날씨라도 궂으면 온 집안이 건조실이 되고, 정신없이 그 일에만 매달려도 남편은 불평 없이 든든한 협력자가 되어준다.

첫 해는 날씨 복을 받아 일주일 만에, 고추씨 소리가 '사르르' 싸락눈 내리는 소리 같고 달각거리는 진홍빛 고추를 말려냈다. 큰일을 한 듯 스스로 뿌듯해 하며 그 해 김장을 최고로 맛나게 담갔다.

그런데 어느 해, 기상청 예보와 그 날 아침 날씨도 쾌청하기에 외출을 했다가 소낙비에 반쯤 마른 고추를 빗물에 둥둥 띄우는 사태가 벌어졌다. 그 때는 속이 상하고 난감하여 '다시는 이 짓을 하나 보자' 며 결심을 단단히 하기도 했다.

아무리 복중(伏中)을 벗어난 더위이긴 해도 아직 대낮은 30도에 가깝고 습기가 끕끕한데 옥상을 하루에도 몇 차례 오르내리며 어린애 살피듯 한다. 그 옛날 어머니와 언니들이 들였던 정성을 느끼며 한 알 한 알에 공을 들인다.

고추가 구덕구덕 마르면 꼭지를 따고, 동무들과 보조를 못 맞춘 것부터 배를 가르는 일은, 남편과 옥상으로 밤 데이트를 나가서 한다.

가을바람이 싣고 온 달콤한 저녁공기가 코끝에 맴돌고, 턱밑에 들려오는 귀뚜라미의 노랫소리로 가을 소식이 온다. 오랜만에 가까이에서 보는 밤하늘의 풍경은 어릴 적 고향에서 달콤한 미래를 꿈꾸던 시간으로 보내주는 보너스를 안긴다. 거기에다 도란도란 나누는 대화는 피곤함을 잊게 하는 청량제다.

어느 수필가는 A형 남편과 B형 아내의 다른 점을 이야기해 큰 공감대를 형성하여 극찬을 들었는데, 우리 부부는 같은 A형이다. 결혼생활의 연륜이 쌓이면서 어느 정도 변화가 생기긴 했어도 처음엔 많은 것이 비슷하여 다투기도 잘하고 의기투합도 잘했다. 첫째인 시누님 밑으로 아들 육형제 속에 자란 남편은 살림에 대해 아는 것이 많았다.

신혼 초, 어머니께서 중간에 낀 셋째에게 도움을 많이 받으셨다고 입버릇처럼 말씀하신 이유가 있었다. 처음부터 어떤 부분은 나보다 선수일 때가 있다.

우리 부부는 봄이면 등산을 겸해 산나물 뜯기로 봄맞이를 하고, 가을이면 고추말리기로 가을맞이를 한다.

올해도 깔끔하게 일주일 만에 새색시 다홍치마 같은 고추를 잔뜩 잘 말렸다. 그 옛날 어머니의 마음으로 김장과 고추장을 담가 며느리와 딸에게 건넬 것이다.

아마도 우리의 이 가을행사는 오래 지속될 것 같다. 급한 일도, 어려운 일도 점점 줄어드는 우리 부부가 즐기며 챙겨야 할 몇 개 남은 행사 중 하나니까. 우리가 함께 할 수 있는 일 중에 고추 말리기가 있음을 즐거워하며 손발을 척척 맞출 것이다.

앞으로도 신앙의 동반자로 뿌리를 더 깊게 내리고 싶고, 더불어 닮아 가며 산을 오르고, 배낭 가방을 메고 미지의 세상을 떠나보며 인생의 갈무리를 부끄럽지 않게 하려 한다.

윤동주 시인이 노래했듯이 "내 인생의 가을이 와도 자랑스럽게 대답하기 위해, 지금 내 마음 밭에 뿌려진 씨를 부지런히 가꾸어서 알찬 결실을 맺고 싶다."

이 가을에 내 인생의 가을도 재미있고 지루하지 않게 뚜벅뚜벅 잘 꾸려 가리라.

(2013.)

시계의 추억

·
·
·

시계가 멈추었다.

오래 전, 딸에게 선물한 시계인데 몇 번 사용하지도 않고 결혼을 하며 두고 간 시계이다. 요즘 일상 중, 자주 시간을 봐야 하는 일이 생겨 건전지를 넣고 사용해 왔는데 다시 갈아주어도 움직일 기미가 없다.

어디 쓸 만한 시계가 없을까 하고 찾아보다가, 오랫동안 화장대 서랍에서 잠자던 결혼 예물 시계를 찾아 태엽을 감아 보았다. 놀랍게도 움직였다. 벌써 38년의 세월이 흘렀는데, 뒤뚱거리지만 분주하다.

가슴속 깊숙이 담겨있던 추억이 아련히 떠오르며 푸릇하고 빛나던 시간 속으로 나를 데려다 준다. 영롱하고 예쁜 추억이 있는

가 하면, 칙칙하고 어두운 기억도 있다. 그래도 모두 그리운 시간이다.

나의 첫 시계는 시집 간 언니가 본인도 가져 본 적이 없으면서도, 서울에서 중학교에 다닐 막내동생이 등교시간을 못 챙길까봐 입학선물로 어렵게 장만해 준 중고 손목시계이다. 그 시절엔 시계를 차고 등하교를 하면 세상에 부러울 게 없었다.

고향집에서 시간을 알려면 몇 집 건너 종가의 대문을 열고 들어가 대청마루에 걸려있던 우람한 시계를 보던 시절이었다. 그러니 내 손목에 채워진 시계는 단번에 부잣집 아이로 만들어 주었고, 그 시계를 자랑스럽게 차고 등하교를 하면 가끔 행인들이 시간을 물어 오기도 했다.

그때까지도 읍내에서 정오를 알리는 사이렌 소리가 들려오면 점심준비를 하고, 지붕의 해 그림자를 가지고 시간을 가늠하던 때이니 그 시계는 두고두고 가보(家寶)를 삼아야 할만치 귀한 시계였다.

그런데 어느 날, 등교시간에 만원버스에서 소매치기를 당하고 말았다. 버스 안은 이미 콩나물시루인데도 승객을 더 태우려는 안내원의 힘에 밀리고, 내리고 타는 사람들에 부딪치면서 어느 결에 시계가 없어진 줄도 모르고 내리고서야 발만 동동 굴렀다. 그렇게 내 첫 보물이었던 손목시계는 일 년 정도 친구가 되었다가 없어져 버렸다. 평소 쓰리군, 소매치기 말만 들었는데 참 쓰라린 경험이었다.

　요즘처럼 시계도 흔하고 첨단문명을 걷는 세상에 얼마 전 퍽 곤란한 일이 있었다.

　지난 봄, 스페인 남부의 타리파에서 지브레타 해엽을 건너 눈앞에 보이는 북아프리카 모로코의 탕헤르로 넘어간 적이 있었는데, 시간 때문에 여행 내내 애를 먹었다. 인터넷망의 오지라서인지 기계의 오류라서인지, 유럽 쪽에서 쌩쌩하던 스마트폰이 둘 다 멈추어 섰다. 설상가상으로 남편의 시계마저 제 구실을 못하고 함께 죽어 버렸다. 게다가 숙소는 어찌나 허술한지 방안의 전자기기는 모두 정상이 아니었다.

　새벽 집합시간을 맞추려고 설 잠을 잤다. 대중없이 일찍 일어나 로비로 나가보고, 옆방의 인기척만으로 준비를 하려니 불편하기 짝이 없었다. 시계를 제대로 챙겨오지 않은 것을 아쉽게 생각하며 그동안 손목시계 없이도 편하게 살 수 있었던 환경이 고마웠다. 시계가 흔한 세상이고 늘 지니고 다니는 휴대폰이 있으니 시계를 챙기는 일에 소홀해서 벌어진 해프닝이다.

　여행을 마치고 귀국하며 환승하던 암스테르담 공항에서, 며칠 불편함을 겪은 터라 남편의 손목시계를 바꾸고 나니 본인 돈으로 사고도 고맙다 한다. 결혼시계 이후 모처럼 장만한 시계가 맘에 드는 모양이다.

지금 '찌그덕 찌그덕' 힘겹게 움직이는 결혼시계가 요즘 우리 부부처럼 느껴진다. 결혼준비를 하면서 주고받았던 손목시계는 형편에 맞추어 어렵게 장만하였다. 그것은 오랫동안 우리의 분신처럼 애용되다가 점점 세월이 흐르며 조금씩 관심 밖으로 밀려났었다. 그러다 언제부터인지는 모르지만 서랍 속 애장품으로 남아 있는 시계이다.

젊은 날에는 끈끈한 동지가 되어 바쁘고 힘든 세월을 힘차게 보내고, 아이들이 커가며 품 밖으로 나가려고 열병을 치를 때는 서로의 책임인 양 갈등을 겪으며 살기도 했다. 이제 모두 결혼을 시켜 신혼처럼 둘만 남았다. 한동안은 허전하면서도 호젓하여 모처럼의 여유를 부렸는데, 그 맘도 그리 오래 가지 않았다. 점점 대화도 부딪치는 일도 줄고, 함께 웃을 일도 줄어든다. 각자 일에 몰두하는 시간이 늘고, 공동 관심사도 조금씩 엇나간다. 어쩌다 한 번씩은 서로를 타박하며 우기기 일쑤이고, 어이없게도 서로 흐려진 기억력에 걱정이 태산이다.

어쩌다 손자들이 오는 날은 집안에 생기가 돌고 웃음꽃이 만발이지만 둘만의 시간이 되면 도로 적막강산이다. 서로 서랍 속 결혼시계 같은 존재일 때가 있다.

추억이 아련하지만 아프지 않은 존재, 가끔은 서로를 못미더워 애가 타는 존재지만 그래도 언제든 한 편이 될 수 있는 오랜 지기 이다. 서로의 단점도 내 것처럼 부끄러워 누가 알아차릴세라 덮어 주고 감싸주는 우리 부부이다.

중학교시절 잠시 함께 지냈던 까만 가죽 줄에 사각턱을 한 생애 첫 시계를 기억하면 아쉬움이 크지만, 결혼 예물시계는 언제든 부지런히 갈고 닦아 태엽을 감아주면 도로 제 구실을 할 것 같아 다행이다.

내 인생의 시계에도 정성스레 태엽을 감아주어 쓸모있는 삶을 살아야겠다.

(2013.)

나에게 쓰는 편지

·
·
·

아침저녁으로 소슬바람이 산뜻하기만 하다.

폭염과 폭우 속에서 심신(心身)이 지쳐갈 무렵, 때맞추어 찾아든 이 산뜻한 바람은 일상에 활기를 넣어준다. 길가 은행잎의 빛깔이 가을의 전령사인 양 하루가 다르게 바쁘기만 한데, 이런 날이면 시간을 길게 늘려 놓고 추억 여행을 떠난다.

지난가을 이맘때, 가을 나들이의 흥분이 아직도 생생하기만 하다.

모 방송국의 〈여성시대〉라는 프로에서 초청을 받아 동인들 몇이서 나들이에 나섰다. 결혼 후 처음으로 이십오 년 만에 나만의 나들이는 며칠 전부터 충분히 설레고, 소녀처럼 들떠 있었다. 남편에게 어렵게 승낙을 받고, 딸아이에게 온갖 부탁을 하고 수학여행 가방을 챙기듯 떨림과 흥분도 조심스럽게 꼭꼭 챙겼다.

약속 장소인 여의도 광장에는 20대의 관광버스가 번호표를 달고 800명의 주부들을 기다리고 있었다. 일행을 확인하느라 한동안 소란스럽더니 도심을 벗어나 강변도로를 거쳐 고속도로로 접어들고 있다. 차창 밖으로 흐르는 풍경은 가끔 지나다니던 거리임에도 처음 가는 듯 새롭기만 하다. 막 물들고 있던 산등성이 단풍이, 가슴 설레며 여고시절에 보았던 그 가을 들녘과 산처럼 곱기만 하다.

그때는 이 세상이 궁금하면서도 가끔은 두렵기조차 했다. 교복의 그늘이 얼마나 좋은지를 강조하신 선생님의 훈계가 오늘 갑자기 생각나는 것을 보아 영락없이 마음은 여고생이다.

소란 속에 고요라 했던가. 혼자 추억여행을 하는 동안 어느새 목적지에 도착하였다. 숙소가 배정되고 저녁을 부리나케 먹은 우리들은 일찌감치 공연장에 자리를 잡았다.

그날 저녁, 어릴 적 우리가 한마음으로 부르던 주옥같은 노래의 주인공을 만났다. 그녀의 모습에서 세월의 흐름을 실감하였지만 그녀가 불러주는 그 노래의 느낌은 아직도 그대로였다.

"긴 밤 지새우고 풀 잎 마다 맺힌 진주보다 더 귀한 아침 이슬처럼…."

청아한 그녀의 음색은 여전하였지만 넉넉해진 모습처럼 마음

또한 그리 보였고 들려주는 이야기가 진솔하다.

주부들의 축제는 흥겨웠다. 마음껏 소리치고 노래하고 열광하며 그 분위기에 흠뻑 빠져들었다. 어린 신세대 걸 그룹의 노래가 귀엽고, 오랜 친구처럼 낯익은 가수의 노래에 흥이 났다.

캠프파이어, 가슴에 불이 확 켜지는 듯 모닥불이 피어올랐다. 손잡고 주위를 뱅뱅 돌며 부르는 젊은 날의 노래들, 가슴이 찡해왔다.

차가운 밤 기온이 우리의 열기로 사라진 지 오래고. 아직도 마음만은 청춘임을 확인하는 시간이었다. 숙소의 밤은 깊어만 가는데 누구도 쉽게 잠자리에 들지 못했다.

다음 날, 우리에게 주어진 빈 엽서가 아직도 가슴을 설레게 한다. '힘들고 지칠 때 내가 나에게 보낸 이 엽서를 볼 수 있기를' 그것은 나에게 쓰는 엽서였다.

한참을 망설이다. 이렇게 썼다.

"그동안 애썼다. 열심히 달려야 이곳까지 왔으니 참 장하다. 그러나 아직 숙제가 많구나. 너의 역할이 지금부터 더 중요할 것이다. 이제까지 한 것처럼 지치지 말거라. 더 보람된 날이 올 터이니 기쁘게 감사하며 살아가길 바란다."

불혹을 넘기고 지천명을 바라보는 나이에 인생을 아름답게 가꾸어, 이 다음 내 모습에 책임지는 옹골찬 삶을 살 수 있기를 염원

했다. 거기다 쉼 없이 갈고 닦아 아름다운 수필 한 편이라도 쓸
수 있기를 소망했다.

이 가을, 또 다시 방송에서는 시작을 알리는 시그널 음악이 들
리며, 지난주 가을 나들이를 다녀왔다고 귀에 익은 목소리가 알려
준다. 아마 올해에도 나와 같이 많은 여성들이 그 나들이에서 꿈
을 찾아서 자신에게 편지로 남겼을 것이다.

그래 오늘도 그 날 나에게 쓴 편지에 답장을 잘하기 위해 힘차
게 출발이다.

(2001.)

필요한 사람

· · ·

올 겨울에도 어김없이 구세군의 자선냄비가 거리에 등장하였다는 뉴스를 보며 뒤늦게 올해의 마지막 달력을 펼쳤습니다.

마침 미국에 있는 아들에게 성탄절 선물을 보내려고 백화점에 나갔다가 천장까지 닿아있는 대형 크리스마스트리와 마주쳤습니다.

며칠 전 내린 첫눈이 어느 해보다도 가슴을 설레게 했던 것처럼, 그 장식물을 보면서 웅장함과 화려함에 한참이나 정신을 팔았습니다.

그 성탄트리는 고단한 모든 이의 세상살이를 포근하게 감싸 안을 듯 따스한 금빛 은빛 날개를 달고 있었습니다. 그리고 세상의 아름다운 이야기를 가득 담아온 이야기 보따리 상자가 수북이 쌓

여겨 가슴을 훈훈하게 했습니다. 또한 주렁주렁 달려있는 형형색색의 구슬장식은 서로를 기다렸다는 듯 수줍게 반짝이고 있었습니다. 그리고 수많은 꼬마전구 천사들은 제 모습을 잠시 숨긴 채 해가 저물면 펼쳐질 그들만의 향연을 위해 분주히 움직이고 있는 듯 했습니다.

그러나 모든 성탄절 장식물이 오늘처럼 기쁘기만 했던 것은 아니었습니다. 어릴 적 처음으로 객지인 서울에서 혼자 맞이한 화려하고 들떠 있는 성탄절 분위기는 어리고 촌티 나던 나를 더욱 위축 시켰습니다. 그 외롭던 성탄절 절기에 고향의 부모님과 두고 온 친구를 생각하며 열심히 카드를 만들어 보냈던 생각이 납니다.

그리고 지난겨울, 수술 대기실에서 보았던 그 성탄절 트리는 마음을 더욱 심란하고 쓸쓸하게 했습니다. 하필이면 척추수술을 위해 성탄 전전날 수술대기용 침대에 누운 채로 대기실에서 성탄절 장식물을 한참이나 마주해야 했습니다. 누군가가 정성들여 꾸며 놓았을 그 장식이 위로는커녕 더욱 마음을 흔들어 놓았습니다. 그리고 보면 물건이든 사람이든 상대에 따라 가치가 달라짐을 알 수 있습니다.

어느 작가는 "희망은 희망을 낳고 절망은 절망을 낳는다."고 했습니다.

똑같은 상황에서 웃는 사람이 있고 우는 사람이 있습니다. 같은 소식을 기쁜 소식으로 전하는 사람이 있는가 하면 어떤 이는 나쁜 소식으로 전하기도 합니다.

수술을 끝내고 어언 일 년의 시간이 흘렀습니다. 조심하느라 행동의 제약을 받기도 했지만 그런대로 일상으로 돌아왔습니다. 잠시 여유를 갖고 뒤돌아보니 입원 내내 도와준 간병사 아주머니가 생각납니다.

딸아이와 남편이 교대로 간병하기로 하고 나름으로 시간조절을 해놓았는데, 나보다 먼저 수술한 환자와 보호자들이 척추 수술 후에 더 많은 어려움을 겪는 것을 보고, 그들의 충고를 받아들여 척추 환자만을 전담하는 간병사의 도움을 받기로 했습니다.

고통스럽고 기억하고 싶지 않은 수술실서 나온 그 긴 밤은 그녀가 있어 조금은 수월하게 지난 것 같습니다. 그녀의 오랜 경험으로, 환자가 겪어야 할 통증을 대비한 특별한 간호를 받으며 그 힘든 밤을 함께 꼬박 새웠습니다. 그녀는 척추 환자에게 있어 꼭 필요한 사람이었습니다.

수술실서 주렁주렁 여덟 개나 되는 생명줄을 달고 나온 나를 보고 놀란 딸아이는, 제 엄마에게 온갖 정성을 다해 보살피려 했습니다. 간병사가 있음에도 매일 그곳으로 출근해서는 나름으로 고생을 자청했습니다.

그것이 부모 자식인가 봅니다. 저를 키워 내느라 애간장을 여러 번 녹이며 노심초사해서 키웠더니 이번엔 제가 마음을 졸이며 병실을 들락거렸습니다. 요즈음 간혹 마음이 메말라 갈 때, 예전보다 불편해진 허리가 힘겨워질 때 지난겨울 받았던 수많은 사랑을 꺼내봅니다.

가장 중요한 때는 바로 이 순간이고, 가장 중요한 사람은 지금 함께 있는 사람이고, 가장 중요한 일은 지금 내 곁에 있는 사람을 위해 최선을 다하는 것이라 했습니다. 이것이 내가 이 세상을 사는 이유이기도 한 것입니다. 다음으로 미루다 보면 그 순간은 절대 오지 않는 법이라 했습니다.

내게 주어진 환경에서 제 몫을 하며 꼭 필요한 사람으로 살고 싶습니다.

지난 성탄절에 어머니의 손길로 돌봐준 그 아주머니께 감사의 소식을 전해야겠습니다.

(2004.)

꿈은 이루어진다

:
:

6월의 이른 더위와 인내심 경쟁을 벌이며 주어진 일상에 전심 전력을 했다.

남편의 특별한 생일을 축하하자며 두어 달 전에 서유럽여행을 예약하고도 가방조차 챙길 수 없을 만큼 온 정신을 한곳에 집중했었다. 예전 같으면 친정어머니를 닮아 한 달 전부터 챙겼을 가방을 겨우 이틀을 남겨 놓고서야 서둘러 챙기면서, 그동안 내 일상이 그럭저럭 편안했음을 감사했다. 허둥지둥 준비하고 공항으로 가는 리무진 속에서 어찌나 고단한지 떠나기도 전에 몸살이 날 지경이었다.

인천공항은 역시 웅장하고 세련됐다. 몇 번이나 이런저런 일로 왔었지만 오늘따라 분위기가 더 활기차 보이는 것은, 방학이 다가

오고 휴가철의 시작이라 여행객이 붐비고 내 마음도 들떠 있기 때문이리라.

보름동안 함께 할 일행과 가이드를 만나기로 한 장소에서 남편이 누군가와 반갑게 인사를 건네고 있다.

몇 해 전, 일본여행을 할 때 함께 했던 일행들과 또 다시 유럽여행을 하게 된 것이다. 평소 내가 좋아하고 잘 쓰는 '인연'이라는 단어가 더 생생이 살아 다가온다.

지금, 우리는 자랑스럽게 자국비행기를 타고서 외국어를 몰라도 전혀 위축되지 않고, 게다가 기내식으로 비빔밥까지 대접 받으며 여행을 떠나고 있다.

비행기 안에서 딸아이가 여행 중 사용하라며 건네준 메모장을 펼치니 "아빠 엄마 좋은 풍경 눈과 마음에 많이 담으시고, 마음에 드는 물건도 사시고 맛난 음식도 많이 드세요."라는 애교 있는 메모가 적혀 있다. 딸아이는 우리에게 여행경비를 보태 주며 즐거워했다. 딸에게 받아든 용돈이 세월의 흐름과 내 부모를 생각나게 했다. 남편은 그것을 애살스럽다 했지만 난 즐겁게 받자고 했다.

남편의 60회 생일을 기념하려고 가는 여행이라지만 우리는 어릴 적부터 꿈꾸던 것 중에 하나를 이루고 있는 것이다.

열 시간 이상을 비행하였지만 출발 때보다 컨디션이 나쁘지 않았다. 우리가 오랜 기간 계획하고 준비한 여행이기도 하고, 앞으로 보름동안 다가올 여행지에 대한 기대감으로 비행기를 타고 구름 위를 날면서도 마음에도 날개를 보태 단 듯 들떠 있었다.

한참을 가다보니 모스크바 상공이라는 자막과 그림이 나왔다. 내려다 본 그곳에는 우리의 산하에서도 볼 수 있는 구불구불 강이 흐르고 산길을 따라 꼬불꼬불 나있는 도로가 정겹게 느껴지며 평온해 보였다. 띄엄띄엄 있는 집에는 누가 살까 하는 아이 같은 상상도 여전히 해 본다. 오랫동안 철의 장막이던 이 상공에서 우리의 선량한 국민이 희생되었던 곳인 블라디보스톡을 지나고 있다고 생각하며 그들의 원혼이 편히 잠들기를 잠시 기도했다.

얼마 후, 암스테르담 공항이라며 점점 비행기는 고도를 낮추고 있었다. 유럽여행 첫 번째 나라인 네덜란드에 무사히 안착했다. 이번에도 우연히 여행을 동행하게 된 인연 깊은 여인들과 함께 서로 유럽 입성을 축하해 주며 공항을 빠져 나왔다.

이곳은 잠시 경유하는 도시라 시내 관광만 했다. 정말 물의 나라라는 것이 실감 날만큼 도로가 운하로 되어 있었다. 풍차마을을 가야 했지만 시간상 생략되고 시내 중심가에 있는 왕궁만 보았다. 어릴 적 교과서에서 읽었던 어느 소년 이야기가 생각이 났다. 마을을 구하기 위해 강둑에 난 작은 구멍을 팔뚝으로 막아서 마을을 구했다던 그 소년의 이야기가 내 어릴 적 상상력을 회복시켜 주었다. 네덜란드는 왠지 가까운 나라 같다. 꽃의 나라, 풍차의 나라,

히딩크의 나라, 그리고 헤이그 밀사를 보내 조선말에 우리의 실정을 알렸던 나라여서일까.

거리마다 나부끼는 오렌지 군단의 축구 유니폼과 국기가 아직 독일 월드컵이 한창 진행 중임을 실감케 했다.

우리는 살면서 얼마나 꿈을 이루며 살게 될까. 때론 꾸다가 말기도 할 것이고 때로는 평생을 그 꿈을 이루려고 온 정열을 쏟아 붓기도 할 것이다.

원대한 꿈이든 작고 소박한 꿈이든 마음속에 시들지 않은 꿈을 꾸고 사는 삶이란 늘 활력이 있어 좋을 것이다.

앞으로도 나는 꿈꾸기를 멈추고 싶지 않다. 그래서 하나 둘 꿈을 이루며 살다보면 나이 듦도 그다지 지루하지 않은 인생길이 되지 않을까 한다.

(2006.)

이별 연습

:

우리와 20여 년 희로애락을 함께한 자동차를 폐차장으로 보냈다.

몇 달 동안 벼르기만 하더니 남편은 오늘 과감히 이별을 하고 지하 주차장에서 올라왔다.

"잘 가라고 했나요?"

"그래 잘 보내고 왔어, 그동안 수고했다고 보이지 않을 때까지 배웅하다 왔어." 하는 남편의 대답에 힘이 없다.

결혼 후 10년 만에 포니2를 처음 샀을 때만큼이나 우리는 그 차와의 인연을 황송해 했다. 아이들이 대학 갈 무렵에서야 무리를 해서 좀 넓고 편안한 차로 바꾸어 정이 넘치게 든 차다.

우리 가족과 격정의 시기를 함께 보낸 자동차답게 30만 킬로를 넘게 달리며 애마노릇을 톡톡히 해냈다.

유년시절 집에서 키우던 소를 팔려고 외양간에서 내가실 때 아버지의 심정이 이랬을까. 아마도 아버지의 이별은 이보다 훨씬 더 서운하셨으리라.

부모님은 어린 송아지를 사다가 온갖 정성으로 자식 돌보듯 키우셨다. 농촌에서는 소가 일꾼이고, 큰 재산이던 시절이라 청년소가 되면 농사일을 돕고 어른소가 되면 교통수단인 달구지를 끄는 충직한 일꾼이 되기도 했다.

그렇게 몇 년을 식구처럼 지내다 목돈이 필요하거나, 너무 노쇠해지면 우시장에 내다파는 것을 여러 번 보았다. 부모님은 소를 집에서 내보내기 며칠 전부터는 쇠죽에 콩깍지와 쌀겨를 듬뿍 넣고 특식을 해 먹이며 미안함과 서운함을 달래곤 하셨는데, 오늘은 그런 의식조차 할 수가 없었다. 서운한 마음이 어찌나 큰지 내다보지도 못하고 우두커니 서 있었다.

어느 해 유난히 오랫동안 한 식구이던 황소가 집을 떠나야 하는 것을 어찌 알았는지, 아침에 눈물을 흘리더라는 아버지의 말씀에 어른들은 물론 어린 나도 끼니를 설렁설렁 넘겼는데, 오늘 아침에도 식사를 하는 둥 마는 둥 했다.

우리는 사람과의 인연뿐만 아니고 다양한 것과의 인연을 반복해서 만들고 이별하며 산다. 오랫동안 애지중지하는 물건은 얼마나 많은가. 아이들 어릴 적 손때 묻은 기념품과 내 여고시절 처음으로 가사시간에 수놓은 액자는 지금도 서재에 벽을 채우고, 결혼 때 친정어머니가 손수 해주신 목화 솜이불은 아직까지 이불장의 반을 차지하고 있으며, 시어른들이 함 속에 넣어주신 투피스와 챙이 큰 모자는 옷장지킴이 노릇을 단단히 하고, 남편이 준 첫 번째 생일선물인 손가방도 여태 장롱 속 한자리를 차지하고 있다.

요즈음, 이 많은 인연과의 이별을 어찌 해야 할지 생각하면 벌써부터 마음이 알싸해진다.

남편과 나는 물건을 쉽게 버리지 못한다. 우리 곁에 있는 많은 물건은 오랜 세월 함께한 것들이다. 아무리 신형제품이 나와도 기능이 살아있으면 그대로 쓰고 쉽게 바꾸질 못해 가끔은 고물상 같은 기분이 들고, 그래서 우리 집은 늘 만원이다.

친구 B는 이사를 하며 집 평수를 확 줄이고 살림도 최소한으로 줄여 간단하게 해놓고 살고 있다. 옷이며 그릇, 가구 등을 최소한의 것만 남기고 헐렁하게 공간을 비우고는 집 주인이, 가구나 짐이 아닌 그들 부부가 되어 살고 있다. 그 결단이 부러워, 그리해보고 싶다고 하니 남편은 아직은 때가 아니라며 펄쩍 뛰었다. 물건과의 인연을 중히 여기는 남편이기에 앞으로 치러야 할 숙제를 좀 빠르게 하자는 말을 하고는 그만 주저앉았다.

서랍 속에 가득가득 채워진 물건과 옷장 속 숨죽이며 쌓여있는 옷과 창고 속 몇 년 동안 쓸 기회가 없었던 세간과 차츰 이별을 준비해야 할 것 같다.

추억의 사진첩도 하나 둘 정리해야 할 것 같고, 인터넷이 없던 시절 즐겨보던 백과사전도 이제는 자리를 비워야 하지만, 내 영혼에 울림을 던져준 소중한 책과는 오랜 지기로 남고 싶다. 그리고 글쓰기 친구인 컴퓨터와도 더더욱 천천히 이별을 하고 싶다.

지금 나는, 이 세상 연이 닿은 물건뿐 아니라 소중한 사람과의 이별연습도 필요한 나이가 되었다.

남은 시간을 좀 성숙하게 살고 싶다. 맺어진 소중한 인연들께 늘 먼저 다가가면 좋겠다. 필요하다면 마음 밭을 흔쾌히 내어 줄 수 있으면 좋겠다.

이 세상 익숙한 물건과 과감히 이별하고 새로운 것에 호기심을 가지며 살아갈 날은 얼마나 되려는가.

우린 이렇게 반복해서 시작하고 이별연습도 하며 사는가 보다.

(2014.)

청춘 여행

•
•
•

지난 시월 일본으로 배낭여행을 다녀왔다.

내 인생에 꼭 하고 싶은 일 중 하나였기에, 친구들과 여행을 계획한 후 배낭에 여행물품을 넣다 빼기를 반복하며 일찌감치 챙겨 놓았던 배낭을 울러메고 나섰다.

20대부터 꿈꿔왔던 배낭여행을 이순(耳順)을 바라보는 여인 넷이서 감행하며 마음만은 청춘여행이라 하자 했다.

공항의 새벽 공기마저도 우리의 기분을 알아차린 듯 더 알싸하고 상큼하다.

이륙한 비행기도 우리의 마음처럼 곰실곰실 새털구름이 끝없이 펼쳐진 하늘 길을 사뿐히 날아서 나고야에 도착했다. 마츠모토(松本)를 가기 위해 공항에서 전철을 타고 도심에 있는 시외버스 터미널을 찾아가는 한 시간 동안, 처음 시험장에 들어선 수험생처럼 안정을 못 찾고 조바심을 내었다. 우리의 대장은 일본어로 어느 정도 소통할 수 있어, 믿으면서도 공연히 모두 긴장된 모습이다.

혼잡한 도심 속 지하철역에서 이정표를 따라 시외버스 터미널에 도착하니 여행의 반은 성공한 듯 두려움이 조금은 가셨다. 늦은 점심으로 마트에서 구입한 스시 도시락을 터미널 휴게실에서 먹으며 처음 맛보는 짜릿한 기분이 자유여행의 청신호 같아서였다.

3시간 남짓 버스를 타고 어둑해져서야 마츠모토에 도착하여 첫 밤을 숙박하기로 한 호텔을 찾아들어가며 의기양양해졌다.

다음날, 우리의 여행지 중 핵심인 알펜루트를 등반하기로 한 날이다. 일본의 북 알프스로 부르는 중부산(中部山, 黑山) 국립공원은 해발 3,190미터나 되는 거대한 산이다. 무거운 배낭을 맨 채, 기차를 타고 산 입구에서 내려 산악버스에 옮겨 타고 4킬로가 넘는 터널을 통과하며 광산의 갱도를 관광자원으로 활용하는 그들의 철저함에 감탄했다. 거의 수직으로 매달려 운행되는 기차도 타보고, 걷기도 하다 산 중턱 전망대 공원에 앉아 여유롭게 가을 햇빛을 받으며 자유여행을 즐겨본다. 리프트로 옮겨 타고 산 아래 댐에서 떨어지는 계곡물과 골짜기 따라 내려가는 찬란한 가을빛의 향연에 푹 빠져 넋을 잃었다. 정상 가까이 올라가니 만년설로

덮여있고 아직도 분화구는 헐떡이며 숨을 토하고 있다. 산 아래서 보이던 몽환적인 풍치는 유황냄새가 독하게 나서 가까이 가기가 어려운데 현지인들은 그곳에서 온천을 즐기고 있다.

관광객은 넘쳐났으나 타국말을 쓰는 사람은 거의 볼 수가 없다. 우리는 온종일 가이드의 재촉도 없고 누구의 간섭도 없이 자유를 마음껏 누리며 경치에 반하고 사람에 취하기도 하며 생각에 잠겨 한가한 나그네가 되었다.

언제부터인가 젊음이 부럽다는 생각을 간혹 하며 돌아보는 시간이 생겼다. 결혼과 육아로 정신없이 이삼십 대 젊음을 보내고, 불혹의 나이에는 남편의 사업을 보필하다가 육신의 어려움을 겪기도 했고, 평범한 주부의 자리로 돌아오니 이미 아이들은 내 곁을 떠날 시기가 되었었다. 그때 내게도 '빈 둥지 증후군'이라는 증세가 다가왔다.

마음이 허전해질 무렵 우연하게 문학을 만나는 행운이 깃들어 지금껏 그 언저리를 누비며 산다. 내 삶의 부족한 양식을 더하고자 늦은 공부도 하고, 이젠 꿈꾸던 배낭여행도 해보자고 용기를 냈으니 이 또한 복이 아닌가.

아이들 유치원 자모로 만나 오랜 지기가 되어, 뜻이 통하는 벗이 있음이 고맙다. 젊은 시절엔 서로 까칠한 모난 돌이기도 했지만 지금은 서로 둥글둥글 잘 다듬어진 몽돌이 되었다. 배낭을 진 것처럼 자신의 삶의 무게도 거뜬히 지고 갈 줄 아는 지혜로운 삶의 인재들이다.

산 정상을 넘어 다테야마에서 도야마에 도착하니 어둑어둑하다. 3대가 100년 넘게 한다는 우동 집을 약도를 보며 찾아가니 벌써 문이 닫혔다. 휘황찬란한 주점을 제외하고는 대부분 초저녁에 문을 닫는 듯하다.

숙소로 되돌아와 컵라면과 햇반으로 저녁을 해결하니 이 또한 색다른 재미였다.

여행은 중반으로 접어들고 일본의 3대 정원이라는 겐로쿠엔(兼六園)에 가기 위해 가나자와(金沢)로 기차를 타고 두 시간을 가면서 차창으로 비치는 그들의 농촌풍경에 놀랐다. 추수가 끝난 농지도 깔끔하게 정리되었고 논두렁도 이발을 한 듯 깨끗하게 다듬어 놓은 걸 보며 그들의 민족성을 엿본다.

겐로쿠엔은 명성에 걸맞게 치밀하게 배열되고 다듬어진 정원수와 오밀조밀 장식해 놓은 석등과 꽃들이 정갈하다. 과연 일본의 대표적 정원답다. 연못가에 자리한 정자와 수령이 많아 보이는 소나무들은 모두 지지대의 부축을 받고 서서도 고고하게 품위를 지키며 구름을 초대해 연못에 들이어 정담을 나눈다.

오후엔 시라가와꼬에서 갓쇼무라(合場村)를 구경하기로 하고 서둘러 버스로 이동을 하였다. 이곳은 유네스코가 지정한 세계문화 유산이라 한다. 우리의 민속촌과 비슷한데 자연적으로 발생한 촌락과 관광지로 사용되는 촌락이 따로 있다. 일본의 초가는 삼각형으로 각을 세워 지붕의 두께가 우리의 곱절은 넘어 보였다. 우리는 벽을 흙으로 만들었지만 그곳은 통나무를 켜서 마무리한 것이 우리와 다르다. 그들의 농기구들은 우리와 별반 다르지 않았다. 맷돌이 보이고 연자방아도 있다. 우연히 그들의 풍어제를 구경하는 행운을 잡았는데, 수많은 인파가 소박한 모습으로 앉아 축제를 즐기고 있다. 우리에게도 복을 받으라고 동참하기를 권했지만 시간상 서둘러 그곳을 빠져나오며 사람 냄새가 짙게 풍기는 것을 느꼈다.

도전은 또 다른 용기를 낳는가보다. 젊어서부터 꿈꾸던 배낭여행을 경험하고 온 지금, 마음 뿐만 아니라 몸도 청춘이 된 것 같다. 마지막 밤 또 다른 도전을 위하여 함께 다짐하였다. 또다시 단련하고 준비하여 내 인생의 또 다른 꿈도 이뤄보는 날까지 다시 출발이다.

(2012.)

131

쓰임새

·
·
·

며칠째 어깨를 누르던 기말시험이 끝났다.

시험이란 언제나 힘겨운 씨름이지만 그래도 오랜만에 맛보는 싱그러운 쾌감이기도 했다. 여고시절, 시험이 끝나기 무섭게 복도 이 구석 저 구석에서 정답을 맞추어보며 희비가 교차하던 광경까지는 아니더라도 여기저기서 정답을 서로 확인하는 모습이 영락없는 새내기 학생들이었다.

지난 일 년은, 인생의 방학이 온 것마냥 그다지 바쁜 일도 힘든 일도 없이 세월만 낚는 일상이었다. 그러나 마음속 깊은 곳에서는 학업을 계속하고 싶다는 욕망이 일렁이고 있었다. 하지만 학업을 그만 둔 지가 30년이 훌쩍 넘어버렸기에 용기를 쉽게 내기가 어려웠다. 그때 먼저, 그 길을 가고 있는 선배들의 충고가 큰 힘이 되었고, "당신은 잘할 수 있어, 내가 밀어 줄 게."라는 남편의 격려의 말 한마디가 마음에 무지개 풍선을 달아 주었다.

하얀 눈송이가 대학로 젊음의 거리를 솜털처럼 날리던 날, 원서 접수를 하고 얼마 후 합격통지서가 날아왔다. 남편은 자신이 신입생 학부형이 되었다며 등록금 고지서를 부지런히 챙겨 은행에 대신 납부해 주는 것으로 응원해 주었다. 오리엔테이션, 그리고 입학식, 정말 꿈에 그리던 대학생이 되었다.

처음 몇 주는 스터디 그룹에서의 수업도, 집에서 인터넷을 통해서 혼자 하는 학습도 쉽지가 않아 어리둥절 방향을 잘 못 잡았다. 그래도 매주 한번씩 스터디그룹에서 만나는 학우들과는 서로가 위로와 힘이 되어 주며 어느새 든든한 동지가 되었다. 경쟁보다는 서로에게 후원자가 된 듯이 모든 정보와 학습 자료를 공유하는 멘토와 멘티가 되었다.

일상이 나이를 잊을 만큼 생활에 생동감이 넘치는 새내기 대학생이 되어갔다. 다양한 잣대도 편견도 없는 새로운 세상에서, 뒤늦게 학업의 길에서 만난 끈끈한 동지가 되어 어린 학생처럼 순수한 정을 쌓아갔다.

3일 간의 출석수업, 꿈같은 시간이었다. 이른 아침부터 만원 전철에서의 가방 따로 몸 따로 전쟁을 치르며 몇십 년 만에 등교하는 재미도 맛보았다. 하루에 8시간의 수업을 잘 견디며 평소 허리 고생 좀 하는 육체가 정신에 이끌려 잘 견디는 마력도 느껴 보았다. 강의실마다 뒤늦게 학문의 길에 들어선 늦깎이 학생들의 열정으로 창밖의 봄볕보다도 생동감이 넘쳐났다.

K교수님은 강의에서 "내가 주어가 되는 삶을 살라."고 하셨다. "내가 쓰는 언어의 질이 자신을 만든다."고 하셔 크게 공감하였고, "문학이란, 발견이고 깨달음."이라는 가르침에 마음 깊숙이 자리한 꿈을 일으켜 세우기로 했다. 또한 국문학개론 시간에 P교수님은 '차가운 머리, 뜨거운 가슴'을 강조하며 새로운 문화에 적응하기를 권하시며, 문학의 효용론과 존재론을 들을 때는 늦은 대학생활이 어렵겠지만 충분히 즐기며 차근차근 가기로 했다.

그동안 새까맣게 잊었던 역사 속 인물이 곁에 돌아왔고, 주옥처럼 빛나고 향기 나는 문학 속 언어들이 내 삶 속에서 다시 자리 잡고 노래하니 얼마나 고마운 일인가. C교수님께서 특강에서 들려주신 것처럼, 차츰차츰 물때가 생겨 이끼가 끼듯이 학문의 길도 조금씩 채워지리라 믿는다. 너무 서두르지도 포기하지도 말라는 가르침을 잊지 않으려 한다.

헨리 데이빗 소로우는 구도자에게 보낸 편지에서 "배우지 못한 자의 지식은 마치 울창한 숲과 같다. 생명력은 넘치지만 이끼와

버섯이 뒤덮여 쓰임새가 없이 버려지기 쉽다. 반면 배운 자의 지식은 널리 쓰이도록 마당에 내다 놓은 목재와 같다. 잘하면 널리 쓰이는 쓸모있는 목재가 되나 쉽게 썩어버리기도 하는 단점도 있다."고 하였다.

이왕 들어선 학문의 길이니 쉽사리 포기하지도 버리지도 않으려 한다.

같은 흙도 쓰임새에 따라 투박한 질그릇이 되기도 하고 도도한 청자, 백자로 태어나기도 하지 않는가. 지금 쌓아가는 지식과 교훈이 지혜가 되어 나의 인생에 요긴한 쓰임새가 되도록 살려 한다.

이 배움의 길을 고마워하며 흠뻑 즐기려 한다.

(2005.)

가을의 길목에서

•
•
•

계절의 물감이 나뭇잎을 봉숭아 손톱만큼만 물들여 놓았던 초가을 오후였다. 햇살이 눈부시게 짜릿하여 남편과 함께 수락산으로 등산을 가기로 했다. 그곳에는 이미 하산하는 사람들과 산으로 오르려는 사람들로 길목마다 넘쳐나고 있었다.

평일인데도 길목을 꽉 채운 등산객 틈에 끼어 오르다 숨을 고르며 주위를 보니, 여러 갈래의 등산로마다 막 물들기 시작한 단풍보다도 등산객들의 옷 색깔이 더 곱다. 평일인데도 등산을 온 사람이 어찌하여 이렇게 많을까.

여성들끼리 무리지어 왔거나, 우리처럼 나이가 지긋한 사람들을 만나는 일은 반가웠다. 그러나 아직은 일터에 있어야 할 나이로 보이는 남성이나 젊은 청년을 만나게 되면 사연을 알지도 못하면서 공연히 걱정이 앞섰다. 아마도 내 피붙이 중 하나가 얼마 전부터 명퇴의 아픔을 겪게 되었기 때문이리라.

지금은 아날로그시대가 지나고 디지털시대를 넘어 유비쿼터스 시대라며 빠르게 변화하고 있다. 거기에 맞추어 신조어도 자고 나면 생겨나는 시대에 우리는 산다. '공시족' '이태백' '사오정' '오 륙도' '철밥통' 등은 젊은이가 직업을 구하기가 얼마나 어렵고, 게 다가 평생직장이라는 개념도 없어져서 나이 오십 전에 정년을 생 각한다는 풍자어가 이 시대가 얼마나 경쟁이 심한지를 잘 말해 주고 있다. 거기다 더욱 문제인 것은 우리사회가 인구의 7%인 고 령화 사회에서 14%인 고령사회로 빠르게 가고 있다고 하고, 얼마 후면 20%를 노인이 차지하는 초고령사회로 간다고 한다.

미래학자 제레미 리프킨은 《노동의 종말》에서 자본주의 사회 가 직면한 위기를 지적하고 있다. "자본주의의 발달이 그 사회의 일자리를 줄어들게 한다."는 말을 실감하게 한다. 과학의 발달과 자본주의 사회는 인간에게 풍요를 안겨주었지만 정보화, 자동화 등으로 점점 일자리가 줄어 경쟁이 심각하게 되었다. 젊어서 변변 한 직장 한번 제대로 다녀보지 못하는 젊은이들이 시류에 밀려 학력을 높이고, 자격증 시험에만 전념하거나 고시준비를 하는 공 시족이 늘어나고 있다. 어찌해서 등용된 인재도 늘 새로운 인재들과 경쟁을 벌여야 한다. 어렵게 직장을 구해도 그동안 30년 이상을 몸담던 직장이 20년이면 마쳐야 하면서 중년의 퇴직자는 준비 없는 노후를 맞게 되었다.

이제는 노후를 준비 없이 맞이한 지인들이 많은 어려움을 겪는 것을 주변에서 쉽게 볼 수 있다. 어릴 적 들었던 이솝우화의 '베짱이'가 아니었더라도 세상이 빠르게 변화리라는 것을 짐작 못한 사람들은 지금 베짱이 신세가 되었다. 결국 자신의 노년을 준비할 여유도 없이 퇴직자가 되었고, 새로운 인생에 도전하려다가 더 어려움을 겪기도 한다.

의학의 발달로 인간의 수명은 점점 길어진다는데, 이 시대의 사람들은 경제적인 자립뿐 아니라 건강의 자립, 정신의 자립도 해야 하는 세상을 살고 있다.

자식들에게 노년을 의지하던 시대도 아니고, 아직은 국가나 사회가 노후를 책임져줄 만큼 복지가 잘 준비되지도 않았기에 이 시대의 노년은 점점 설 자리가 없다는 하소연을 여기저기서 듣게 된다. 그래도 다행인 것은 사회나 국가가 어느 때보다도 그러한 정책을 잘해 보려 노력하고 있지만 아직은 마음 편하게 노년을 맞기란 갈 길이 먼 것 같다.

우리의 노년을 통째로 누군가가 책임져 주기가 어디 쉬운 일인가. 각자의 숙제로 열심히 풀어내야 할 일이다.

이른 봄부터 여름 내내 가끔씩 오르며 즐기던 수락산의 풍광이 오늘따라 그다지 곱지만은 않다. 초가을, 막 물들어 가는 이 수락산의 단풍처럼, 우리 부부의 계절도 이 계절 같기도 하고 더 깊어진 것 같기도 해서이다.

우리의 능력이 아날로그를 겨우 벗어나서 디지털세상으로 막 들어가려는데 또 다시 달아나는 이 시대의 흐름만큼이나, 계절의 흐름도 속절없이 빠르게 흘러가고 있다. 말없이 헐떡이며 산을 오르다 잠시 바위에 걸터앉아 건너편 도봉산을 바라보며 서로를 도닥여 본다.

"여보! 우리 함께 이 가을 잘 보내고, 다가올 월동준비도 잘 해 보자구요."

(2007.)

새로운 시작을 위하여

●
●
●

싸늘한 바람이 무뎌진 내 마음에 손짓을 한다.

언제고 가을이 속히 오기를 바라며 여름의 끝자락을 바삐 놓아 버리곤 했는데, 언제 이만큼 와 있었을까. 쉴 새 없이 돌아치는 내 일상이 사색하는 여유조차도 잃어버리게 하였다. 바닥난 자존심에 한계를 느끼며 답답하던 요즈음 생활이었다. 그동안 얼마나 우물 안 개구리였던가 하는 아득함과 회한에서 겨우 탈출하는 중이었다.

시원섭섭하다는 말이 나를 위로할까, 홀가분하다는 말이 더 적절할지 모를 일이다. 10년 넘는 세월을 씩씩하게 당당히 잘도 헤쳐 왔는데, 자의 반 타의 반으로 이젠 하던 일을 접어야 한다.

가게 앞 정든 은행나무가 그리울 것 같다. 지하철 공사로 포플러나무를 베어낸 자리에 나만큼이나 어설픈 은행나무 묘목을 심기에 언제 가로수로 제 구실을 하려나 했는데 올해는 제법 의젓한 자태를 뽐내고 있다.

나도 그랬다. 어설프게 남편이 하던 일을 도맡아서 해 보겠다고 큰소리를 쳤지만 어린 묘목만도 못한 대표였다. 여러 번의 시행착오도 약이 되고 지혜가 생기더니 이제는 제법 은행나무처럼 제 몫을 하려 했는데 폐업을 해야 한다.

지난여름 내내 메말라 가는 내 마음에 은행나무는 다른 해보다 더 시원한 그늘이 되어 주었다. 묵묵히 소음과 공해를 이기고 싱싱한 푸른 잎으로 생기를 넣어 주더니, 오늘 이별을 고하며 바라보니 황금빛 환한 얼굴을 하고 넉넉한 미소로 배웅을 해 준다.

중년의 나이를 겁 없이 보낸 곳, 세상 속으로 다시 돌아온 곳, 때론 주부 자리보다도 편하게 즐기던 또 다른 안식처이기도 했던 곳, 그런데 그 소중하던 가게를 오늘 새 주인을 찾아 주고 미련 없이 떠나려 했는데 쉽지가 않다.

이 상념에서 뛰쳐나오기라도 해야 될 듯싶어서 며칠 전 초대받은 수필문학 세미나 장소로 차를 급히 몰았다. 수유리 계곡으로 가는 길목엔 자태고운 단풍이, 마음속에 늘 꿈틀대며 힘들게 하던 욕구를 쏟아낼 것 같은 바람 속으로 서서히 유인하듯 안내해 주었다.

수많은 문학인들의 후끈한 열정 속으로 잠시 빠져 보지만, 한 동안 떠나 있던 이곳으로 다시 돌아 올 수 있을지 두렵기는 매한 가지였다. 남의 옷을 입은 듯 불편하기까지 했다. 처음 문학을 접할 때처럼 한결 같은 마음을 가진 선배 문우들이 부러웠다.

나도 저 열기 속에 동화될 수 있을까. 이 시간이 또 다른 첫 걸음이 될 수 있을까. 이제 중년의 여유를 부려가며 노년의 생활을 준비하는 인생의 재시작의 시간이 될 수 있도록 하고 싶다.

인생을 물처럼 바람처럼 흘려보내고 노년에 후회하면서 부질없어 하는 삶은 살기 싫다. 정열을 쏟아내어 그동안 힘차게 살았던 삶의 흩어져 버린 아름다운 언어로 다시 수놓아 엮어내어, 인생을 새롭게 디자인하여 시작하겠다는 다짐을 해본다.

돌아오는 차안에서, 처음 시작하던 때의 열정으로 돌아가자며 응원하는 문우의 토닥임이 눈물이 나도록 고마웠다.

(2004.)

숲속의 향기

•
•
•

휴일 아침, 모처럼 남편과 함께 봉화산으로 산책을 나갔다.

겨울의 긴 잠에서 깨어난 뒷동산은 진작부터 생생하고 신비로운 봄의 모습으로 우리의 마음을 사로잡았지만, 좀처럼 한가로이 시간을 낼 수가 없었다.

며칠 전까지도 진달래, 벚꽃의 향연이 열리는가 했는데 어느새 철쭉까지 자리를 아카시아에게 넘겨주려는지 한껏 뽐내던 자태를 감추려 한다.

숲에는 아카시아의 향내로 가득했다. 그곳에는 우리를 계절마다 들뜨게 하는 자연의 신비한 섭리와 힘이 넘쳐나고 있다.

몇 년 전, 이 동네로 이사를 오면서 자연스럽게 이 숲과 만났다. 무슨 보물이라도 감춰 둔 양 우리는 등산로는 물론이고 인적이 뜸한 오솔길까지도 골고루 누비며 이 산과 친해졌다.

삭막하기만 하던 나뭇가지에 봄기운을 담아 아기새 주둥이 같은 여린 잎을 내밀 때는 저절로 탄성이 나왔다. 인적이 뜸한 숲에서 산나물 몇 잎을 뜯어 아침상에서 남편과 한 젓가락씩 나눌 때는, 어느 깊은 산중에 홀연히 사는 부부인 양 흡족한 하루를 열었다. 그때는 잘 정비되지 않은 채로 자연스럽게 나있는 등산로가 사람의 손길을 거쳐서 조금은 편안하고 안전한 산책로가 되었다.

여기저기 사람의 흔적이 고맙기도 하면서 아쉽기도 한 것은 평온하던 숲을 인간이 너무 제멋대로 하는 것 같아서이다.

새로 정비된 산책로엔 먼 곳에서 이사 온 나무들이 몸살을 앓으며 자리를 잡느라 애를 쓰고, 그 옆에 한 무리가 옮겨와 새 살림을 차린 야들야들한 곱살스런 들꽃과 화초가 자랑스럽게 이름표를 달고 햇빛에 반짝인다.

가슴을 열어 숲의 향기를 마음껏 들여 마셨다. 오월의 숲은 마치 향기로운 무지개 같다.

향기에 취해 내려오다 아가속살처럼 뽀얀 아카시아 꽃그늘 아래 섰다. 어릴 적 간식으로 먹었던 기억이 떠올라 꽃 몇 잎을 따서 먹어 본다.

예전 그 맛은 아니지만 달콤하고 알싸한 향내가 단번에 유년의 추억 속으로 데려간다. 지천으로 널린 아카시아 꽃을 상품으로 걸고 신작로에서 달리기를 시키던 친척 오빠들은 지금 다 어디 계실까. 대소가가 함께 살며 맘껏 어리광도 부리고, 정도 듬뿍 나누며 살았는데 지금은 고향에 가도 통 만날 수가 없다. 그리운 시절이다.

집으로 들고 온 꽃 한 송이를 거실 한 쪽에 두었다. 한동안 향내가 거실을 가득 채우고 있다. 아카시아 한 송이의 숨겨진 힘에 놀라며 감탄한다.

내 삶은 어떠한가. 요란하고 화려하기만 해서 향내가 없는 꽃은 아닌가. 너무 향이 짙어 역겨운 향은 되지 않았는가.

소박하면서도 수수한 이 꽃처럼 살고 싶다. 깊이가 있는 향기, 은은한 향기, 멋스런 향기, 그런 여유로운 여인이고 싶다. 봉화산 자락에 정다운 숲처럼 이웃에게 꼭 필요한 그늘이고 싶다. 달콤한 향기를 풍길 줄 아는 그런 삶이고 싶다.

(2001.)

145

그 명성
그대로

아저씨의 꽃밭

.
.
.

성하의 계절이다.

삼복더위에 심신이 아침부터 축 늘어지는 더운 날이다. 외출 준비를 서두르고 아파트 현관을 나서는데, 아침햇살을 흠뻑 받은 봉숭아꽃이 경비실 앞 화단을 가득 메우고 눈인사를 하며 반긴다.

어느 봄날, 새로 부임한 아저씨가 큰 나무 그늘, 후미지고 메마른 땅에 씨앗을 파종하더니 틈만 나면 그것을 살피고 있었다.

어느 날, 지나다 말고 가만히 들여다보니 어린 싹이 소복이 올라오고 있었다. 그 후로 지극정성으로 돌보는 모습이 보기 좋아 지날 때마다 덩달아 들여다보고 꽃구경할 때를 기대하며 설레었다.

어느날 봄비가 보슬보슬 내리는데 아저씨는 꽃모종을 빈 공간

이곳저곳으로 옮겨 심고 있었다. 그곳은 몇 해 동안 아이들의 자전거나 다 죽어가는 화초의 화분이 나와 앉아 있던 곳이어서 늘 버림받은 공간 같은 곳이었다.

오늘 아침 분홍색, 자주색, 흰색, 주황색, 빨간색으로 환하게 피어있는 봉숭아꽃을 보며 "아저씨 너무 예뻐요! 엄마의 꽃밭이 아니라 아저씨의 꽃밭이네요!" 하니 빙긋이 웃으며 "봉숭아 물 들이세요." 했다. 올 여름엔 모처럼 물을 들여 보겠노라고 인사를 건네고 지하철역으로 향하는데 조금 전과는 다르게 마음과 몸이 가뿐하다.

그랬다. 6개월 전만 해도 우리 동 경비실 앞 분위기는 냉랭한 기류가 흘렀다. 지금 수고하시는 분들의 전임자 중 한 분이 주민들과 잦은 마찰로 불편한 얼굴을 하며 그 앞을 지나다녔다. 그 아저씨는 심지어 주민들의 인사를 골라 받는 일까지 서슴없이 하였다. 급기야 여러 주민들은 경비실 쪽을 외면하고 다니는 경우가 생겨났다.

처음 입주를 했을 때 일이다. 우린 그때까지 단독주택에서만 살았으므로 현관 앞 경비실이 익숙하지 않았다. 그래서 오고갈 때 마다 깍듯이 인사를 건네는 그분들의 친절에 몸둘 바를 몰랐다. 어쩌다 들고 오는 짐이라도 들어주면 더 그랬다.

이렇게 하루에도 몇 번씩을 마주치니 오고가는 정이 각별할 수

밖에 없고, 작은 정이라도 가끔 나누며 살았다.

그런데 지난번 그 아저씨는 달라도 너무 달랐다. 점점 불평의 소리가 커지니 실세인 가구주에게 충성하던 효력도 상실되었는지 이동도 아니고 해고를 당했다는 소문이 들려왔다.

그래서 6개월 전, 지금의 꽃밭 주인인 아저씨가 새로 부임을 한 것이다. 경비실 앞 분위기는 예전처럼 도로 밝아졌다.

올 여름에는 모처럼 봉숭아 꽃물을 들여 보고 싶다. 어린 시절 엄마의 꽃밭에 자리 잡았던 고향 같은 꽃이 생각난다. 지금은 외래종에 밀려 시골집 꽃밭이나, 들꽃동산이니 하는 곳을 찾아가야만 볼 수 있는 분꽃, 봉숭아, 나팔꽃, 채송화, 백일홍, 한련화, 금랑화, 맨드라미 등이 언제나 우물가 엄마의 꽃밭에는 탐스럽게 피고 지었다.

여름날, 봉숭아 꽃물을 들이는 날이면 대낮부터 들떠 있었다. 축제를 기다리는 마음으로 저녁을 기다렸다, 꽃과 잎을 잘 씻어놓고 백반도 준비하고, 검붉게 들라고 숯도 가져오고, 쉽게 지워지지 말라고 소금도 넣고, 더 곱게 들라고 '시영'이라 부르던 풀도 함께 돌멩이로 찧어서 넓은 호박잎에 싸놓았다. 손가락을 감쌀 칡잎을 준비하고 칡 줄기로 가늘게 끈을 만들어 놓으면 준비 완료다. 저녁을 부리나케 먹고 어머니의 일과가 끝나면 옆집 친척아이들까지 모여서 함께 들여야 더 축제 같았다. 밤잠을 설치며 조심을 했어도 다음날 아침이면 봉숭아물 농도에 따라 실망과 감탄으로 아이들은 엇갈렸다. 그렇게 한두 차례 봉숭아물들이기를 더하고 나면 더웠던 여름도 훌쩍 가 버렸다. 그 꽃물이 첫눈이 올 때까지 남아 있으면 첫사랑이 이루어진다는 달콤한 얘기는 중학교에 가서 처음 들었고 그 신비로운 체험을 하고 싶었다.

올 여름 내내 난 추억의 꽃을 마음껏 볼 수 있어 좋다. 한 사람의 마음씀이 여러 사람에게 행복을 주고 있다. 누구든지 따스한 사람, 필요한 사람, 빛이 되는 사람으로 살고 싶어 한다. 그러나 그 실천이 쉽지 않음도 안다.

작은 친절과 고운 마음씀이 서로에게 마음에 꽃밭이 될 수 있도록 살 수 있다면 이 세상이 더 빛나고 아름다우리라.

(2010.)

그 명성 그대로

여행이 종반으로 접어들수록 차창으로 스쳐가는 풍경이 조금씩 시들해진다.

스페인 남부 지방에서 이곳 바로셀로나로 이동하는 며칠 동안 올리브나무 물결에 처음엔 탄성이 절로 나고 마냥 부럽더니, 이제는 온 들판을 채우고도 모자라 산 중턱까지 서있는 올리브의 수확은 어찌하는지 공연한 걱정도 된다. 그나마 길가에 무리지어 피어난 꽃 양귀비와 형형색색의 꽃무리가 봄볕에 찰랑이며 인사를 건네고 있다.

바로셀로나는 우리나라와 인연이 깊은 도시이다. 이곳에서 올림픽이 열릴 때 우리 민족의 저력이 펼쳐지던 몬주익 경기장에서 그날의 감동이 다시 살아났다.

버스를 타고도 느껴지는 오르막길을 황영조 선수는 막바지 안간힘을 내어서 결국 선두를 지키던 일본 선수 모리시타를 제치고 우승의 월계관을 썼다.

내 고향 경기도와 이 도시가 자매 결연을 맺어 운동장 앞 도로 옆에 마라톤 우승 기념비를 세워 놓았으니, 이곳을 방문하는 우리에게 더욱 자긍심을 갖게 한다.

게다가 이 도시에는 명성이 자자한 가우디의 흔적을 볼 수 있다는 설렘이 여행일정 말미임에도 새롭게 의욕 넘치는 나그네가 되었다.

안토니오 가우디의 파밀리아(성가족) 성당은 그 명성 그대로였다. 사진이나 화면을 통해서 보던 것보다 더 아름답고 성스럽게 느껴진다.

1884년에 시작한 성당은 아직도 건축 중인데, 재력과 예술혼을 쏟아 부었지만 반도 완성하지 못하고 1926년 그는 사망하였다.

가우디가 시작해 놓은 외벽에는 예수 그리스도의 일대기를 혼을 담아 조각하여 놓았고, 그 후 제자 호세마리다 수비라츠는 십이사도를 상징하는 여러 개의 탑과 중앙 탑을 세워가고 있다.

긴 행렬을 따라 우리말 통역기를 끼고 입장하면서 가슴이 두근거린다. 성당 안으로 들어서며 또 한 번 놀랐다. 그동안 여러 곳에서 보았던 다른 유명성당의 내부와는 분위기가 사뭇 다르다. 세계적으로 유명한 대성당의 넘치는 금은보화와 화려한 장식물이 모두 좋게만 보이지 않았는데, 이곳은 그런 겉치장이 없다.

기하학적인 곡선과 자연주의적인 내부는 에덴동산에 와 있는 듯 따스한 느낌이 한껏 몸을 감싸 안았다. 사이프러스나무를 형상화하여 세운 기둥 사이로 쏟아지는 햇빛은 성스런 영의 속삭임을 느끼게 하고, 웅장하면서도 평온함과 엄숙함이 밀려와 감정이 벅차올랐다. 모든 조형물마다 의미를 두고 만든 듯 성스러움이 가득했다. 평소 신앙심이 깊었던 가우디가 오직 한 분에게 바치고 싶었던 헌물임이 느껴진다. 그의 유지를 받들어 공사를 이어가고 있다는데, 한동안은 공사비가 부족해 고전을 면치 못하다 근래 입장수입이 늘어나 가우디 사후 100년이 되는 2026년에 완공을 할 계획이라니 다행스러운 일이다.

잠시 성가족 성당 한쪽에 자리를 잡고 앉았다. 군중 속에서 오는 고요함을 오랜만에 느껴보며 가슴이 뜨거워졌다. 정신없이 달려가는 현대임에도 시간에 쫓기지 않고 차근차근 이어가는 그들의 원칙과 저력이 경이롭다.

안내원의 재촉이 아니라면 온종일이라도 그 곳에 머무르고 싶었지만 일정에 맞추느라 서둘러 나오며 완공 후 꼭 다시 와 보고 싶다는 소망을 가져본다.

그동안 이곳저곳에서 보았던, 유명세를 타는 조형물이나 건축물 그리고 자연 경관이 소문처럼 그 명성 그대로인 것도 많았지만, 유명세에 못 미치는 것들도 꽤 있다는 생각을 했었다. 잔뜩 기대를 하고 갔던 '몽마르뜨 언덕'의 환상을 깨는 소박함이 그랬고, 브르셀 도시 골목 귀퉁이에 늙지 않는 만년소년 '오줌싸개 동상'이 그랬다. 또한 코펜하겐 바닷가에 수수하게 자리 잡은 원조 '인어공주님'의 겸손한 모습에서도 약간은 실망을 했었고, 여고시절 '로렐라이 언덕'을 노래하며 상상하던 전설의 그 소녀상은 마음속 모습과는 사뭇 달랐다.

그러나 이곳 성가족 성당의 감동은 오래 갈 것 같다. 가우디의 예술혼이 그렇고 후대가 이어서 서두르지 않고 완성해 가는 성숙한 예술적 정서가 그렇다.

이곳에는 가우디의 시신도 안치되어 있다. 그는 자신에게 쏟아지는 찬사를 들으며 신앙심과 예술성을 겸비한 건축물로 마무리되기를 격려하고 있는 듯하다.

가우디의 생애는 그다지 평탄치가 않았다 한다. 경제적 어려움을 이겨내려고 많은 모험과 노력을 기울이다가 새벽길에 교통사고로 세상을 떠났다는데, 아무도 그를 몰라보아서 행려병자로 취급되기도 했단다.

그가 설계한 구엘 공원에서 다 이루지 못한 '꿈의 마을'을 둘러

보다가 헌 도자기를 재활용하여 인체공학적으로 만든 타일의자에 앉아 지중해를 바라보며 그의 숨결을 느껴보았다.

우리가 사는 세상은 어떠한가. 다양하게 명성을 얻는 사람들이 넘쳐나는 세상에 우리는 살고 있다. 평생을 스승으로 때론 성자처럼 살며 명성을 지키는 분들도 있지만, 너무나 쉽게 명성을 얻었다가 쉽게 잃어버리는 사람도 있다. 이 시대는 유리성 같아서 얻기도 쉽고 한순간에 그 명성이 깨어지기도 한다.

온라인을 통해 몇 초면 명성이 자자하고, 뜬금없는 헛소문이 난무하여 상처투성이가 되기도 한다. 어쩌면 명성이 자자한 사람은 그 이름값을 하느라 틀 속에 갇혀 살기도 할 것이고, 그 틀에 끼어 살아가느라고 본 모습을 알 수 없을지도 모를 일이다.

옛말에 "스승과 성직자는 가까이서 보지 말라."는 말이 있는 걸 보면 명성을 지키며 살기가 어렵다는 뜻일 게다.

평소 존경하고 가까이 하고 싶던 사람에게서 오는 실망감이 더 큰 것을 보면 우리가 이름값을 하며 살기가 얼마나 힘든지 알 수 있는 일이다.

사람도 한번 난 그 명성 그대로 살 수 있다면 좋은 일일까?

(2013.)

형제의 나라

. . .

늦은 밤, 터키 이스탄불 공항에서 처음 만난 가이드는 '권 사범'이라 불러달라고 했다. 전직 태권도 사범이라는 청년은 작은 체구지만 다부져 보였다. 여행 일정이 강행군이니 편히 쉬고 내일 만나자 했다.

다음날 아침, 이미 조금은 알고 있는 역사를 열변을 토하며 알려주려 한다.

동서양의 문화가 교차하는 나라, 실크로드의 종착지, 오스만투르쿠 시절의 강성했던 나라, 동로마제국의 수도였던 도시, 기독교문화와 로마시대 문화재가 각처에 혼재해 있는 역사 깊은 나라이며 그네들도 우리를 '형제의 나라'라 부른다 했다.

참 반가운 이야기다. 그들도 우리처럼 천 년 전에 고구려와 돌귈족의 혈맹을 알고 있을까. 우리가 그들에게 참전의 고마움으로 '형제의 나라'라 부르듯이 우리에게 각별히 그런 감정을 가지는 것일까를 생각하니 이 여행이 더 설레었다.

앞으로 8박9일 동안 충분히 볼 수 있고 느껴 보겠다는 기대로 모범생이 되어 그의 열강을 경청하였다.

유럽 땅에서 배를 타고 아시아로 넘어가는 '보스포로스' 해협을 건너 이스탄불 시가지로 들어갔다. 그곳은 살아있는 박물관처럼 여러 제국의 유물이 그대로 남아 있는 도시다.

오스만제국 시절 마지막 왕인 '압둘아지트'가 왕세자 시절 프랑스의 베르사이유궁전을 모방하여 지었다는 돌마바체궁전은 그 화려함이나 규모로는 베르사이유궁전을 따라가지는 못했다. 하지만 그 궁전 안은 세계 각국에서 보내온 진귀한 물건들로 가득하다. 3톤이나 된다는 크리스탈 샹들리에의 규모와 화려함에 놀라고, 수많은 진귀한 보석이 흘러간 부귀영화를 엿볼 수 있게 했다. 그 궁전을 짓느라 재정난을 겪어 오스만제국이 쇠락해 가는 지름길이 되었다하니 왕족이나 개인이나 과욕은 금물이라는 생각이 든다. 바다를 끼고 있는 궁전이 다른 나라 절대자들이 지었던 궁전보다는 좀 더 자유롭게 느껴지는 것은 바다가 주는 여유 때문이리라.

세계 8대 불가사의에 든다는 성소피아성당에 갔다. 처음엔 기독교 성당이었으나 이슬람이 점령하며 그 아름다운 모자이크 성화를 회칠해 덮어버렸기 때문에 오랜 동안 복원공사를 하고 있었다. 복원된 곳의 성화들은 그 당시 신앙의 깊이를 느낄 만큼 성스럽다. 약 1500여 년 전에 돔 방식으로 지어진 이 성당은 아직도 건축가나 미술가, 과학자들의 연구대상이 될 만큼 규모나 화려함이 대단하여 눈을 떼지 못하게 한다. 그 유구한 역사의 성당이 종교이념에 따라 귀한 유물을 변경하고 훼손하는 인간의 오욕에 마음이 아프다.

오스만 제국의 왕궁인 '톱카프' 궁전의 수많은 진귀한 보석은 그 당시 백성의 한숨이 배어있는 듯 그다지 아름답지만은 않다. 86캐럿의 다이아몬드가 유리 진열장 속 그림처럼 보이고, 그들의 화려한 옷에 백성의 땀과 눈물이 수놓아져 있는 듯하다. 시내 곳곳의 진귀한 유적을 시간에 쫓기며 대충대충 보면서 아쉬움이 남는다.

오천여 개의 상점이 들어서 있는 '바자르' 시장에서 현재의 터키인들의 생동감 넘치는 생활을 보았다. '안녕하세요.' '대한민국 반가워요.' 하며 말을 붙여오는 상인들이 유난히 많고, 그들의 친근한 미소에 '형제의 나라'라는 느낌이 더 드는 것은 나만의 생각일까?

트로이 목마로 유명한 몇 천 년 전의 유적지를 보고, '안탈리아'

라는 휴양도시를 거쳐, '파묵깔레'로 갔다. 목화처럼 흰 노천온천이 장관이다. 버스로 이동하는 시간 틈틈이 권 사범의 설명은 그칠 줄 모른다. 그들의 음식문화와 예절, 결혼풍습 중 딸이 적령기가 되면 지붕에 병을 올려놓고 공개구혼을 한다하여 지나는 길목마다 지붕의 병을 찾으며 긴 여정의 피로를 푼다. 끝없는 광활한 초원지대를 지나고 만년설이 뒤덮인 산악도 지나고, 끝이 보이지 않는 밀밭도 지나 올리브나무의 긴 행렬에 탄성을 보내니, 먼발치의 양떼들이 고물거리는 벌레처럼 보였다.

여행 닷새 째, 기독교의 성지인 '에베소'에 도착했다. 허물어져 버린 도시를 보니 감탄과 한숨이 나온다. 이천 년도 더 전에 지었을지도 모르는 에베소의 황실 터와 공회당, 시장, 목욕탕, 노천극장이 그 때의 찬란한 문화를 엿보게 한다. 자연색 그대로의 대리석 모자이크 도로는 지금 것과 비교해도 뒤처지질 않을 만큼 화려하고 세련되었다. 그중에서도 최고의 예술품은 '셀수스도서관' 인데 아직도 그곳에서 사도바울이 우리를 향해 '지혜를 가지라' '차든지 덥든지 하라' 라고 설교하는 듯하다.

'카파도키아'의 자연괴석은 신비롭다. '괴레메' 골짜기의 30여 개의 석굴교회와 땅 속 지하도시인 '데린구유'에서 초기 기독교인들의 흔적을 보며 그들의 신앙심에 비하여 지금 나의 미약한 신앙심이 부끄럽다.

점점 여행은 막바지를 치닫고 모르던 여행객들과도 오랜 친구처럼 편해져 간다. 마지막 수업시간을 기대하라는 권 사범의 설명은 앙카라를 거쳐 다시 이스탄불로 향하는 긴 여정의 버스에서 시작됐다. 그의 마지막수업은 우리나라 역사수업으로 시작되었다.

조선후기의 정세와 1910년의 경술국치, 1945년의 광복, 그리고 1950년의 한국전쟁으로 이어지더니 우리를 도와준 16개 참전국을 앞에서부터 한 나라씩 대보란다. 미국, 영국, 터키, 프랑스, 그리고 내 차례에 필리핀을 남편은 벨기에를 대고 나니 휴! 하고 한숨이 나왔다. 뒤이어 호주, 이디오피아, 룩셈부르크, 콜롬비아, 그리스, 이젠 막히고 말았다. 어렵게 남아공, 뉴질랜드, 캐나다, 태국, 네덜란드까지 권 사범의 도움을 받으며 마무리를 했다. 그는 우리에게 최소한에 도리를 아는 국민이 되어야 하지 않겠냐는 말로 마지막 수업을 마쳤다. 그는 터키에서 살면서 알게 되었다며 그들이 우리에게 왜 형제의 나라라 하는지를 한 가지 더 알려주었다. 이슬람 율법에 따라 자신들의 조상이 우리나라에 묻혀 있어도 이장을 할 수 없어 조상이 묻혀있는 한국을 자신들에게는 더 형제의 나라라고 한다는 것이다. 그들은 조상 묘 위치를 찾으려는 노력을 하고 있지만 우리 정부가 도움을 잘 주지 못하고 있다 하니 모두를 죄인처럼 숙연하게 했다.

그동안 한국에게 많이 서운했던 터키 국민들의 마음이 조금이나마 풀리게 된 계기는 한일 월드컵 3, 4위전에서 대형 양국 국기를 흔들며 함께 응원해 주는 모습에 진정한 형제의 국가라고 고마워한다는 것이다.

　　터키를 여행하며 역사와 문화, 자연풍광도 참으로 매력 있고 아름다운 나라여서 좋다. 거기에 기독교 초기 성도들의 신앙과 사도바울이 행적을 느끼며 그 시대의 그리스도인을 생각하니 지금의 신앙생활이 얼마나 편한지도 알았다. 또 우리를 '형제의 나라'라고 친근해 하는 그들의 선한 눈매가 아주 오랫동안 잊혀지지 않을 것 같다.

　　또한 그곳에는 직업의식과 역사의식까지 강한 대한민국을 진심으로 사랑하는 우리의 젊은이가 열심히 살아가고 있음도 오랫동안 기억에 남을 것이다.

(2011.)

엄마의 과외비

· · ·

아이들이 어릴 적 이웃에 살던 친구와 오랜만에 만났다.

새댁이라 불려지던 시절에 만났는데, 이제는 할머니라 불려도 그다지 야속치 않은 나이가 되었다.

나는 아이들을 결혼시켜 손자를 셋이나 보았고, 그 친구는 혼기가 꽉 찬 두 딸이 아직 결혼 전이다. 이웃에서 이사 간 후 얻은 늦둥이 아들이 고3 수험생이라 했다. 큰딸은 약혼자가 있는데도 아들 입시를 끝내고 혼인시키기로 했단다.

그녀는 인간미가 넘치는 정 많은 여인이지만 아이들 교육열은 누구에게도 뒤지지 않는 열혈 엄마였다. 아이들이 유치원을 다닐 때부터 성의가 남다르더니 줄곧 아이들 뒷바라지를 야물게 잘해 두 딸을 사회에서 제몫을 똑 부러지게 하는 유능한 인재로 키웠다. 딸들을 키우면서 갖은 고생을 한 이야기를 했다. 식당에서 음식을 배달하고, 남의 집 궂은일도 마다않고 아이들 과외비를 충당했다 한다. 이젠 딸들이 제 동생의 적지 않은 과외비를 대주니 예전 같은 고생은 면한 듯하다.

우리나라의 사교육비가 공교육비를 앞지르고 있다 하더니 눈앞에서 그 실상을 듣는다. 엄청난 액수의 과외비가 가정경제를 무겁게 누르고 있단다. 지금의 수험생 가정의 고충을 말해주며, 입시생 부모의 힘겨운 생활을 하소연을 한다.

과외는 언제부터 생겨난 걸까. 부모의 고민을 언제부터 이 사회는 지고 가는 걸까. 아마도 서당에서 훈장님이 교육하던 시절도 과외는 있지 않았을까 싶다. 내가 어려서는 서울로 유학 온 대학생들의 주거와 학비를 해결해 주던 입주 가정교사가 과외에 대부분이었다. 70년대를 지나 경제가 조금씩 좋아지면서 사교육이 성행했다. 그 후 80년대 정부의 서릿발 같은 정책으로 사교육이 점점 뒤로 숨으면서 비밀스런 고액과외가 생겨났다. 그러자 애꿎은 대학생들의 입주과외까지 금지되어 학생들이 학비와 용돈을 마련하기가 어려워지고, 훈훈한 느낌의 가정교사라는 단어가 희미해졌다. 그래서 지금의 궂은 아르바이트가 학생들의 몫이 되지 않았나 싶다.

갈수록 사교육시장은 거대해지고 공교육은 위기를 느끼는 시대라는 말이 심심치 않게 들린다. 게다가 족집게 과외라는 말이 생겨나고, 비밀스런 과외 아파트가 생겨나며 연봉이 수억이 된다는 전문 직업군도 생겼다.

학교의 교실 분위기는 사설학원의 2군처럼 전락하고, 안간힘을 쓰는 성실한 교사들은 사설학원 시간에 하교하게 해 달라는 학부형의 요구를 무시할 수 없다하였다.

어느 드라마에서 아빠들이 두 개의 직업을 가져야 하고, 엄마들이 사교육비에 내몰려 노래방 도우미를 하는 장면을 본 적이 있다.

나도 그랬다. 아이들의 학비가 한창 들어 갈 때는 남편을 돕겠다고 집에만 있던 맹탕 주부가 자진해서 사업장에 나가지 않았던가. 그렇게 정신없이 15년 세월을 보내고 병고를 치르고서야 들어앉았다.

큰아이는 유아기 때부터 영재라 생각하리만치 순발력이 있고 영리했다. 유치원도 가기 전에 자연스럽게 한글을 깨쳐서 골목 친구들과 학교놀이를 하면 언제나 선생님 시늉을 했다.

그러던 아이들은 학년이 높아 갈수록 공부보다 더 흥미 있는 것들이 점점 많아지기 시작했다. 사춘기 열병을 어렵게 겪어내는 아이들을 기다려 주지 못하고 조바심을 내다가 터무니없는 과외비를 대느라 안간힘을 썼다.

그런 열병의 치유는 시간이 필요한데 왜 그다지 조급증을 냈는지. 지금 생각하니 아이들에게 미안하다.

　　재수까지 해서 대학에 간 큰아이는 그래도 자신을 끝까지 믿어줘서 고맙다고 했다. 그리고 아무리 마음이 콩밭에 가 있었어도 내 부모님의 자식이기 때문에 그 언저리를 크게 벗어날 수 없었다고 했다. 그 말 한마디에 아이도 힘겨운 싸움을 한 것임을 알고 마음이 쓰렸다.

　　제 누이보다는 둘째라는 덕을 보며 느슨하게 자란 아들은 결혼하고도 학업을 계속하는 중이다. 박사 학위를 받고자 아직도 하는 공부가 싫지가 않단다.

　　눈 앞에 결과물이 신통치 않다고 조바심을 내기도 했지만 지금 뒤돌아보면 아이들은 '반짝형'이 있고 '대기만성형'이 있는 것 같다.

　　자식을 위해 온 정성을 다하는 이 세상 젊은 부모들에게 이제야 말하고 싶다. 자식은 부모가 묵묵히 자리를 지키고 정성으로 기다려주면, 조금 돌아서 오더라도 제 부모의 모습을 좇게 마련이라고.

　　하긴 나도 인생 과외비를 잔뜩 치르고서야 깨우친 진리이긴 하다.

(2012.)

고풍스런 도시 런던

런던의 아침은 조용하다. 시차 관계로 새벽 5시에 일어나 준비를 하며 내려다 본 도로는 7시가 되어도 움직이는 차량이 적다.

버스로 이동하는 내내 도시가 무겁다는 생각이 들만큼 조용하다 했는데 오늘이 일요일이다.

처음 도착한 곳은 템즈 강가다. 가끔씩 TV에서 트렌치코트를 입은 특파원이 소식을 전하던 생각이 나서 따라해 보며 사진을 찍었다. 강가를 따라 웅장하게 서있는 국회의사당의 위용에 압도당했다. 민주주의의 시조 국가답게 화려한 국회의 외관과 규모가 상상보다 컸다. 국민의 행복지수가 국회의 규모만큼이라면 아마도 그들이 가장 행복해야 할 것이라는 생각을 해 본다.

타워브릿지와 동화의 다리를, 동심으로 돌아가 거닐어 보는데 어릴 적 꿈이 생각난다. 늘 이런 곳을 궁금해 하며 꼭 와보고 싶다는 막연한 꿈을 키우고 살았는데, 오늘이 꿈만 같다.

영국의 왕궁인 버킹검으로 허둥지둥 갔다. 근위대 교대식에 맞추기 위해서였다. 수많은 인파에 휩쓸리면서 근위병 교대식을 보았다. 화려하고 절도가 있지만 그래도 어딘지 모르게 자유로워 보였다. 그들은 이 교대식을 관광 상품으로 만들어 대단한 인기를 누리고 있다. 그 근위대 속에는 여성도 간혹 끼어 있어 더 신기했다.

많은 인파를 뚫고 본 버킹검은 외관상은 그다지 화려하지 않다. 가끔 그곳에 사는 왕실 가족의 일거수일투족이 뉴스거리가 되던 때도 있었는데 요즈음은 조용한 것 같다. 근엄하면서도 인자해 보이는 여왕, 늘 소문의 주인공인 찰스 왕세자, 그리고 아름답던 비운의 다이에나 왕세자비, 또 다른 왕자, 공주는 어릴 적부터 먼 동양의 우리에게까지도 그들의 일상이 뉴스거리였다. 왕족이 사는 곳, 수없이 드나들었을 왕궁 문을 보며 감회에 젖어본다.

관광객들에게 조금이라도 더위를 식히라며 물줄기를 내뿜어 주는 분수대가 유월의 작열하는 태양을 잠시 쉬어가게 한다.

세계 여러 곳에서 모여든 관광객들은 유서 깊은 궁 앞에서 기념 사진을 남기느라 여념이 없다. 히잡을 두르고도 소녀답게 밝은 모습으로 사진을 찍는 이슬람 여학생들을 마냥 바라보다 시간을 놓쳐 서둘러 일행을 찾아갔다.

단체관광의 첫 덕목인 시간엄수를 겨우 지켜내 민폐를 면하고 버스에 오르니 출발이다.

일행은 예정된 시간에 웨스트민스터 사원 앞으로 갔다. 영국의 대중교통의 상징인 2층버스를 뒤로 하고 기념사진도 찍고 거리도 거닐어 보는데, 빨간 2층버스 승객들이 도리어 우리를 구경하는 것 같아 조금은 민망했지만 런던의 거리풍경을 마음껏 즐겼다.

오후 일정에 맞추어 대영박물관으로 갔다. 세계에서 제일 크다는 박물관으로 들어가니 입이 딱 벌어진다. 큰 규모와 유물의 진귀함에 놀라면서도 슬그머니 심사가 꼬였다. 간혹 그들의 고유 유물도 있었지만 세계 구석구석을 정복한 나라답게 세계의 유물을 어마하게 보유하고 자랑스럽다는 듯 당당하게 전시하고 있었다.

원형대로 보관하기도 하고 어떤 유물은 조각을 내서 가져다가 조립을 해서 그들의 힘을 과시하고 있었는데 마음은 점점 불편해졌다. 서너 시간 정도의 관람으로는 어림없었지만 대강대강 가이드의 설명에 연발 감탄하며 따라 다녔다. 아마도 자세히 보려면 며칠은 봐야 될 듯싶었다.

부럽다는 생각보다 마음이 답답한 것은 나만이 아닌 듯싶다. 세계의 유물을 강대국 몇이 강제로 보관하고 있는 것 같아 마음이 쓸쓸하다.

지금도 힘없는 나라와 민족에게 이런 아픔이 진행되고 있을 것이다. 다행히 우리나라가 그런 가난에서 벗어나 스스로 지켜낼 힘을 키우고 있음이 새삼 고마우면서 또한 빼앗긴 유물도 다시 찾을 수 있기를 염원한다.

안개가 많은 도시, 산업사회로 일찍이 접어들어 세계의 공장이던 도시였기에 아직도 그 옛날의 흔적이 남아 있었다. 도심 속에는 낡은 아파트 건물이며 상업용 건물들이 너저분한 채 그대로 있다.

한때 세계를 주름잡던 위세는 조금 위축된 듯 보이지만, 민주주의가 시작된 나라, 신사의 나라라는 내 어릴 적 기억 속의 대단한 영국을 이틀 만에 수박 겉핥기 식으로 스쳐가는 아쉬움이 남기도 한다.

영국여행을 마친 우리 일행은 유로스타를 타고 해저터널을 건너 파리로 가려고 서둘러 혼잡한 역사를 가이드 깃발만 보고 정신없이 따라갔다.

(2006.)

세상 구경

:
:

지난여름, 우리 아이들은 그들의 말처럼 꿈속의 세상 구경을
했다.

그 아이들이 태어나면서 받은 축하금을 시작으로 적은 액수의
돈이라도 푼푼히 모아 통장을 하나씩 만들었다. 백일이나 돌날에
받은 것과, 아장거리고 재롱떨며 받은 세뱃돈, 그리고 크면서 상
으로 받은 용돈에 이르기까지 빠짐없이 알뜰히 모아 왔다. 아이들
의 양보와 나의 반강제적인 회유로 그 일은 오랫동안 계속 되었
다. 이다음 아이들이 성장했을 때 아주 뜻 깊은 일에 쓰여지길
꿈꾸며 행복하게 은행 문을 드나들었다.

세월은 유수와 같다더니 어느새 두 아이는 성년이 되었다. 남편
과 나는 여러 날을 의논한 끝에 아이들에게 두고두고 삶의 양식이

될 세상 구경을 시키기로 결정하였다.

'배낭여행', 그것도 국내를 넘어서 유럽 쪽으로 결정하였다. 그 계획을 세우며 우리 내외는 걱정 반 기쁨 반으로 아이들만큼이나 들떠 있었다.

아이들은 일정을 정하고 코스를 계획하며 호기심에 들떠 있으면서도 가끔은 긴장하는 것이 역력했다.

드디어 아들이 대학생이 되고 처음 맞이한 방학 다음날, 일 년 먼저 대학생이 된 제 누나와 함께 자기들 덩치만한 배낭을 하나씩 들러메고 공항을 빠져나갔다. 그리고 그 애들은 여행 기간 내내 도착지의 느낌과 자신들의 안부를 전해 주었다.

그런데 이것은 어떤 마음일까. 그애들이 프랑스 파리라면 난 온종일 가본 적이 없는 세느강변과 에펠탑 앞에 서 있는 듯 했다. 스위스라면 알프스 풍경 속에 온종일 행복했다. 로마의 하루가 시간 가는 줄 몰랐다. 가본 적이 없는 도시들이 다녀온 듯 가깝고 정다운 도시로 와 닿았다. 우리가 여행할 때보다 더 기쁜 나날을 보냈다. 그러면서 그곳의 모든 풍물과 문화 등을 짧은 일정이지만 깊숙이 느껴서 헛된 유람이 아니길 바랐다. 이다음 그 애들의 경험이 삶의 활력과 윤기로 남아 값진 인생이 되길 소망했다.

내가 초보엄마 시절 친정어머니의 말씀이 더욱 생생이 생각이 난다.

"에미야, 세상에서 가장 귀하고 듣기 좋은 소리가 무엇인지 아느냐? 첫째는 자식 놈 젖 먹는 소리요, 둘째는 가뭄이 든 봄날 자기 논에 물들어 가는 소리란다."

그렇다, 내가 안 가 보고도 간 듯하고 안 먹어도 배부른 감정, 이것은 분명 자식이 젖 먹는 소리와 나의 마른논에 물들어 가는 소리일 것이다.

아이들은 한 달여 만에 아주 건강한 모습으로 조금은 성숙해서 돌아왔다. 제 부모라도 감사함이 컸는지 돌아오자마자 깍듯이 인사치레를 하였다. 그러나 은근히 걱정도 되었다. 큰 용돈을 쓰고 온 후라서 절제력을 잃었으면 어쩌나 했는데 기우(杞憂)였다. 그들은 전보다 더 알뜰하고 힘겨운 아르바이트도 기쁘게 열심히 한다. 한층 성숙되어 매사가 긍정적으로 자신감에 차있다. 혹시 이 다음 경제력이 생기면 부모와 다시 한 번 다녀오겠다며 아쉬움도 갖는다.

그리고 우리나라에 갑자기 닥친 외환위기의 시국을 한자리 거든 듯 미안해하기도 한다. 그러면 제 아버지는 이런 말로 대답한다. "어려운 시기라도 국가든 개인이든 투자는 필요한 것이다. 그래야 도약도 크고 기쁨도 더 클 것이다."라며 아이들에게 힘을 준다.

아이들의 세상구경이 먼 훗날 그들에게 얼마만큼 인생의 양식이 될 수 있을는지는 다 알 수 없지만 이것만은 확신한다. 아이들은 분명 이 세상이 넓고 아름답고 멋지지만 그래도 만만치 않고 쉽지도 않을 것임을 알았을 것이다. 그래서 대강대강이 아닌 진지하게 도전하며 살아 볼만 하다는 것을 깨달았을 것임을 안다.

아이들의 세상구경을 통해 내 꿈도 한 가지 실현되었던 행복한 여름날이다.

(1997.)

권력과 화려함 그리고 낭만의 언덕

•
•
•

오늘도 일정이 빡빡하다고 새벽부터 부지런을 떨었다.

파리에서 조금 떨어진 베르사이유궁전을 가기로 한 날이다. 이 궁전은 유럽의 절대 왕권을 자랑하던 부르봉 왕조 루이 13세의 사냥 별장이었다.

그러다 아들 루이 14세가 50년간 증개축하고 공식 왕궁으로 사용하다가, 프랑스혁명 후 루이 16세가 파리로 왕궁을 옮겨 갈 때까지 107년간을 사용하던 최고의 권력과 화려함을 자랑하던 왕궁이다. 그 후 루이 필립왕의 노력으로 1837년부터는 박물관으로 사용되었다 한다. 오랜 동안 역사의 소용돌이가 계속되었다지만 그 화려함과 품위는 잃지 않았다.

궁전 입구에 세워진 마굿간부터 규모가 어마하게 컸다. 그곳에는 20여 개가 되는 방으로 꾸며져 있었다. 왕실성당, 헤라클라스의 방, 풍요의 방, 비너스의 방, 다이애나의 방, 마르스의 방, 머큐리의 방, 아폴로의 방, 전쟁의 방, 거울의 방, 왕비의 침실 등등 그 화려함은 인간의 권력과 능력에 감탄이 절로 나오고 아직까지 잘 보전된 예술품이 명성을 지키고 있다.

천정화나 조각품들 그리고 초상화 등이 프랑스 문화가 오래 전부터 화려했음을 알 수 있게 한다. 그들이 문화에 대해 콧대를 세우는 이유가 있음을 느껴본다. 그 분위기에 압도될 만큼의 권력 속에서 그 시절 국민들이 흘렸을 피와 땀도 생각하였다.

세계의 정원에 든다는 베르사유궁전의 정원 앞에 섰다.

루이 14세에 의해 정형화되게 설계된 이 정원은 지금도 영국의 정원과 비교되곤 한다. 혁명 이후 10분에 일로 줄어든 정원이라지만 아직도 240만 평이 넘는다고 했다. 지금도 아름다운 조각분수와 기하학적 조경의 잔디밭, 숲에는 왕비의 궁전인 그랑 트리아농과 프티 트리아농, 그림과 같은 초가들이 있고 대운하 끝으로 이어지는 정원은 무한한 심오함을 느끼게 해 준다.

강렬한 7월의 태양은 그 아름다운 정원 구경의 한계를 맞게 했다. 궁에서 내려다보이는 꽤 먼 곳까지 그늘이 될 만한 큰 나무는 눈을 씻고 봐도 없었다. 침입자로부터의 보안을 염려했기 때문이리라. 언젠가 중국의 자금성에서 똑같은 모습을 보았다. 동서양을 막론하고 최고의 권력자들은 신변을 보호 받고 싶었으리라.

베르사이유궁전 앞에서 버스를 기다리는 동안 아프리카에서 건너왔다는 노점상인들이 '대~ 한민국'을 외치며 호객 행위를 했다. 소위 짝퉁 가방과 시계를 팔고 있었는데 우리말을 제법 구사하며 물건을 파는 모습에 얼마나 한국 관광객을 많이 만나기에 그럴까 하며 신기했다. 그곳에서 새삼 조국에 대해 감사함을 느꼈다. 중세 프랑스처럼 절대 권력은 없었어도 지금 우리는 얼마나 당당한가. 또한 월드컵 축구 선수들과 붉은 악마들에게 더 나가 우리 국민 모두에게 서로서로 감사한 마음이 들었다.

그들 중 한 명은 우리 일행을 계속 따라다니며 "나이지리아 최고! 대한민국 최고!"를 외쳤다.

파리 한복판에서 한식으로 점심을 먹으며 그동안 덧나있던 속을 달래고, 몽마르뜨 언덕으로 갔다. 낭만이 넘쳐날 것 같은 몽마르뜨는 너무나 소박했다. 작은 광장에서 화가들이 그림을 그리거나 팔고 있었다. 사방에는 카페와 식당으로 마치 시장바닥 같았다. 그래도 차근차근 여유 있게 그림 구경을 하다가 에펠탑이 들어간 작은 유화 한 점을 샀다. 토막 영어로 흥정하여 그림을 사고 그 화가와 기념사진도 찍었다. 할아버지 때부터 파리에 살았다는 캄보디아계 화가였다. 인상이 얼마나 순수해 보이는지 모성애를 자극할 만큼 어린아이 같은 표정이었다. 카페에서 시원한 주스한 잔으로 몽마르뜨의 낭만을 즐기다 언덕 밑에서 기다릴 가이드의 당부가 떠올라 서둘러 내려왔다.

언덕을 내려오며 생각해 본다. '기대가 크면 실망도 크다'고 하지 않았던가. 어릴 적부터 상상하던 낭만의 언덕은 마음속 상상의 풍경으로 간직하는 것이 좋았을 걸 싶다.

세상만사 인간사도 이와 다를 것이 뭐 있겠는가. 기대 만큼인 사람과 기대 이상인 사람, 그리고 기대에 훨씬 못 미치는 사람도 있지 않은가.

그럼 난 어떤 사람일까?

(2006.)

예술혼이 살아있는 알람브라 궁전

．
．
．

여행의 일정도 중반으로 접어들었다.

오늘은 아랍과 유럽의 문화가 공존한다는 스페인 남부 안달루시아 지방의 '그라나다'로 가기 위해 오전 내내 버스로 이동 중이다.

그곳에는 오래 전부터 가보고 싶었던 알람브라 궁전이 있는 곳이다. 젊은 날 〈알람브라의 추억〉이라는 기타연주를 들으며 상상하던 곳이기도 하다.

궁전은 구릉지에 붉은색 흙으로 지어져 겉에서 보기에는 투박한 성으로 보였다. 정해진 시간에 입장해야 한다기에 잰걸음으로 입구에 도착하였다. 많은 인파를 헤치고 현지 가이드가 미리 챙겨 놓은 입장권으로 시간을 절약하는 특혜(?)를 받으며 입장하였다.

궁진 안으로 들어가니 밋밋한 겉모습과는 다르게 섬세한 내부의 아름다움에 가슴이 먹먹했다. 오밀조밀 조각하고 끼워 맞춘 듯한 조각들에 저절로 탄성이 나오면서도 가슴 한쪽으로 그 작업에 동원된 장인들의 예술혼이 전해왔다. 인간이 어디까지 섬세하고 예술적인지를 보여주는 궁전의 조각들은 기둥과 벽면, 천정 모두를 독특하고 신비한 문양으로 마치 연필로 그려놓은 듯 예술의 극치를 보여주고 있었다.

이렇듯 아름다운 궁전을 세웠던 후손들은 어제 다녀온 모로코 이슬람 민족의 선조라는데, 그 독특한 문양을 아직도 그들은 허술한 공방에서 징과 망치로 동판 위에 수놓는 것은 보았으니 분명 그들의 선조임이 틀림없어 보인다.

인간의 손길보다는 신의 손길로 느껴지는 이 궁전은 에스파냐의 마지막 왕조인 나스르 왕조의 무하마드 1세와 아들인 무하마드 5세에 의해 13세기 후반 시작하여 14세기 증축과 개축을 계속하고, 왕국이 멸망하게 되는 15세기까지 계속 이어졌다 한다. 아치형으로 이루어진 회랑과 섬세한 기둥, 인간과 신이 함께 공존했다는 사자궁, 궁전 안뜰에 있는 연못, 그 못에 하늘빛을 친구삼아 자신을 비쳐가며 아직도 당당히 서있는 왕궁의 모습은 서유럽의 화려하기만 하던 왕궁과는 분위기가 달랐다.

궁정 안쪽에 자리잡은 여러 분수의 물소리를 왕은 여인들의 재잘거림처럼 들린다 하여 분수를 즐겨 세웠다 하니 근엄하기만 하던 왕보다는 자상하기도 한 왕이었을까 하는 생각을 잠시 해 보았다.

알람브라 궁전의 조각은 모두 제각각의 모습으로 그 아름다움을 더한다. 기독교세력이 점령하며 닥치는 대로 이슬람 유물을 마구 파손시켰다는데 이 왕궁을 점령한 이사벨라 여왕은 아름다움에 크게 매료되어 파손하지 말라 하였다 전해지니 하마터면 아름다움의 극치를 보여주는 예술품이 파손될 위기에서 어렵게 모면한 것이 얼마나 다행인가.

12마리의 사자가 분수를 받히고 오늘도 졸졸 속삭이며 흘려 내리고 있다. 그 안쪽으로 후궁들의 방이 있었는데 '두 자매의 방'은 마음 아픈 이야기가 전해오고 있다. 그곳은 왕을 제외한 금남의 장소라 한다. 이곳의 천정 또한 눈이 부셔 바라볼 수가 없었는데 왕비의 방은 수리 중이라 볼 수가 없었으나 후궁의 방이 이정도인데 하며 상상을 해보았다.

왕궁 옆에는 군인들이 함께 살았던 터가 남아있고, 왕궁 창문을 통해 내려다본 옛 시가지는 언덕에 흰색 일색으로 옹기종기 마을을 이루고 있어 평안함과 안정감을 주고 있다.

잠시 몇 백 년 전의 도시를 내려다보며 권력의 무상함, 인간의 위대함을 생각하다 발걸음을 재촉하여 여름별궁이라는 헤네랄리페로 갔다.

정원은 참으로 자연친화적이면서도 아기자기한 것이 고단한 나그네의 편안한 쉼터가 되어 주었다. 그곳에 전해오는 애잔한 전설을 들으니 이룰 수 없었던 두 영혼이 아직도 그 곳에 머무는 듯 사연 깊은 정원수가 눈길을 끌고, 수많은 분수가 정겹게 속삭이며 작은 도랑을 이루며 흘러가고 있다. 정원에 앉아보니, 아랍의 왕들이 화려하면서도 소박한 면이 있었음 알 수 있었다.

정원을 돌아나오며 우리의 창덕궁 후원인 비원(秘苑)이 떠올랐다. 단아하게 꾸며진 우리 민족의 정원, 좀처럼 넘치지도 부족하지도 않았던 담백하던 조상들처럼 우리네 삶이 그리 되었으면 하는 염원을 가져본다.

나스르 왕조가 피워낸 아랍문화의 흔적이 숨 쉬는 알람브라 궁전을 관람하고 나오며, '이 왕조는 멸망해 버렸지만, 장인들의 혼이 살아 숨 쉬는 이 궁전에서 인간의 한계는 어디까지인가?' 하는 질문을 던지며 다음 목적지인 '코로도바'로 향하는 버스에 올랐다.

(2013.)

무명 가수의 노래

· · ·

오랜만에 지하철로 나들이를 했다.

그러나 기분 좋은 나들이가 아닌지라, 집을 나설 때부터 딸과 모처럼 데이트임에도 즐겁지가 않았다.

딸은 갑자기 제 엄마를 어린아이 대하듯 한다. 모르는 체 하며 효도란 걸 받기로 했다.

며칠 전 다녀온 P병원의 진단이 가혹했다. 혹시 하는 기대로 다른 병원을 가기로 한 것이라 저나 나나 마음의 여유가 없기 때문이다. 큰 기대는 갖지 않았지만 혹시 다른 방법을 찾아보고 싶어서인데 역시 다른 시술방법은 없다 하였다. 오래 쓴 기계 고쳐서 쓰라는 듯 대수롭지 않게 너무나 사무적인 의사의 권유에 딸아이는 따지듯 속상해 했다. 그럴 것이다. 처음에 병원에서 진단을 받았을 때, 나도 믿기가 싫었다. 당황하며 속상해 하는 딸애를 애써 달래고 나오며, 너무 작아지는 나를 들키고 싶지 않아 태연하려 했다.

돌아오는 지하철 속에서 느껴지는 통증을 힘겹게 참느라 안절부절못하니 얼른 자리를 잡아서 앉으란다. 그때 마침, 옆자리가 바로 비 길래 앉으라고 손짓하니 한사코 사양이다. 나도 그랬다. 그 옛날 어머니랑 함께 나들이를 할 때면 자리가 나기 무섭게 앉으라고 성화하시는 것이 반갑지만은 않았으니까.

'태릉 입구' 환승역이라 말없이 우리는 눈짓을 하며 내렸다. 갈때와는 다르게 역사 안은 음악소리로 가득했다. 귀에 익은 옛 가요가 주변의 소란함을 흠뻑 빨아들인 듯 우렁차고 구성지게 들려오고 있었다. 신기해 하며 그곳으로 향하는데 딸아이는 종종 있는 광경이라며 대수롭지 않게 얘기했다.

어릴 때 듣던 노래라 반갑기도 하고 마침 기분도 우울한지라 맨 앞자리로 가서 몇 안 되는 청중이 되어 감상을 했다. 노래 한 곡이 끝날 때마다 힘차게 박수도 쳐주고 옛 생각에 한참이나 빠져 있었다. 그 청년의 부모마음도 잠시 되어보고, 어느 작가의 태릉 입구 환승역에서 옛 사랑의 추억도 떠올려 보기도 하며, 그냥 편안한 마음으로 그의 청중이 되어주고 싶었다. 그러나 맨 뒤에서 마냥 기다리는 동행자가 신경이 쓰여 그 무명가수의 CD 한 장을 사들고 봉화산역으로 오는 6호선을 갈아타려고 올라와 플래트폼 의자에 앉았는데 저절로 눈물이 흘렀다.

쉴 새 없이 달려온 세월이 고단하다고 투정하기보다는 늘 감사함이 많았다. 어려움이 간혹 있을지라도 그리 당황하지 않고 잘 넘겼다.

그런데 척추 협착증인 내 상태는 수술만이 방법이라는 의사의 진단이 한없이 우울하게 한다. 잠시 하던 일을 멈추고 몇 달쯤 쉬어도 문제는 없을 것이라 스스로 다독이고 또 달래본다.

지금 저 가수가 목청 높여 불러대는 노랫소리가 공허하고 쓸쓸하게만 들리지는 않는다. 나도 저 가수도 다가올 미래에 희망을 가져 볼 수 있으니까. 함께 아파하고 걱정해 주는 내 가족이 있어 지금 큰 위로가 되듯, 저 청년의 고단해 보이는 공연도 즐겁게 잘 마치고 나면 가족이나 친구의 따스한 눈빛이나 말 한마디가 큰 힘이 될 것이다.

저 무명가수가 먼 훗날 대형 무대 많은 청중들 앞에서 공연하는 날이 꼭 오길 바란다. 그래서 지하철 환승역에서 스쳐 지나는 관중을 향해 부르던 오늘의 공연을 추억하며 삶의 귀중함을 느끼며 살기 바란다.

의사의 권유대로 잠시 쉬어 가는 시간이 되려 한다. 그 가수가 불러주던 노랫말의 의미를 헤아려 본다.

‘가다가 힘들면 쉬었다 가자’ 딸아이의 눈짓에 팔짱을 끼니 따스한 체온이 전해온다. ‘모든 것이 잘 되겠지! 다시 건강한 날이 오겠지!’ 희망적인 미래를 꿈꾼다.

(2003.)

아들의 제자

•
•
•

　기계라면 지레 겁을 먹는 '기맹'인 내가 한껏 용기를 내었다.

"애야, 엄마가 컴퓨터를 배우고 싶은데…."라며 말꼬리를 흐리는 의외의 말에 놀라면서도 반가운 얼굴로 "잘 생각하셨어요. 당연히 가르쳐 드려야죠." 하며 아들은 흔쾌히 대답했다. 옆에서 듣고 있던 남편이 "웬일이야, 자동카메라도 제대로 못 다루는 겁쟁이가." 하며 놀려댔다.

　요즈음, 늦게 시작한 글쓰기에 행복감을 느끼면서도 가끔 한계를 실감하고 있었다. 거기에 또 하나, 글쓰기에 제동을 걸어오는 것이 있는데 그것은 고집스럽게 원고지에 써내며 홀로 지키는 나만의 편리성이지만, 좀 뒤처진 자신이 답답하기 그지없었다.

　지난 번 동아리 모임에서도 혼자만 원고지에 쓴 과제물을 내면서 또다시 컴퓨터의 필요성을 절감했었다. 그러나 워낙 기계라면 두려워하며 피해서 살아 컴퓨터 근처에 접근할 엄두를 내지 못하고 있었다.

비디오를 켜는 일도 남편을 부르고, 간단한 기계도 아들에게 부탁하고, 어쩌다 여행 중이나 가족 행사 중 비디오카메라에 서로의 모습을 담아 줄 때도 언제나 주인공만 하고 산다. 그래도 꼭 써야하는 주방제품이나 세탁기는 어렵게 사용하지만 늘 불안하다.

그런 내가 부탁을 하니 아들아이는 꽤나 신기한 모양이다. 입영 통지서를 기다리는 중이니, 군 입대 전까지 확실한 스승이 돼 주겠다는 아들이 고마웠다. '소뿔도 당장에 빼라'고 했다며 당장에 시작하자고 한다. 그래서 그날로 밤 시간을 이용하여 컴퓨터 앞에 앉아 전원을 켜고 끄는 것부터 익혔다. 그 다음날은 서점에서 가장 쉽게 설명되어 있는 책이라며 길잡이책 한 권을 사 가지고 왔다.

아들의 노력에도 불구하고 전날 배운 것을 까맣게 잊고서는 절절 맸다. 전혀 상관없는 키를 눌러 놓아서 엉망이 되고 설명 들은 적 없다고 우기기 일쑤였다. 그러면 아들녀석은 구박이 이만저만이 아니다. 가끔 거실까지도 그 소리가 터져 나갈라 치면 남편은 아들 방으로 쫓아 들어와 호통을 치며 역성을 들어주지만, 아들아이는 더욱 기세등등하여 잘못을 나무란다. 배우는 사람이 겸손하지도 않다며 억지 항변을 무시한다. 그러면서 가족 간에는 무엇을 가르치는 것이 아니라며, 엄마가 운전 연수를 할 때도 아버지랑 싸우는 것을 여러 번 보았다며 정식으로 학원으로 가란다.

그러길 며칠, 다시 아들을 달랬다. 그러나 또 손이 덜덜 떨리고 기억은 가물가물, 아들 눈치를 살피며 며칠 고생을 하다 보니 이젠 제법 손에 익어 간단한 문서를 만드는 일을 독수리 타법으로나마 하게 되었다.

정말 마음대로 저 컴퓨터랑 친해져 쓰고 싶은 글을 써갈 수 있을까 하며 의구심이 많았는데 이제 조금 마음이 놓인다.

'시작이 반이다'라고 하더니 아들의 격려와 가르침에 어느덧 제법 의젓한 제자가 되었다. 여든 노인도 세살배기 아이에게 배울 것이 있다고 하지 않는가.

요즈음 제 엄마지만 이 컴퓨터 배우기 말고도 아이들을 통해 또 다른 것들을 깨닫고 느끼며 살아왔다. 세상을 편견 없이 보는 눈과 의심 없는 순수한 마음을 말이다.

부모는 어린 아이의 첫 번째 스승이라고 했는데 나는 그애들에게 잘 준비된 스승이었을까. 늘 시행착오를 일으키며 당황하던 미숙한 스승이었던 것 같다. 부모의 자격증을 누가 주는 것도 아니었으니 부족한 심성대로 내 부모에게서 받은 사랑을 내주었지만 어디 지혜롭기만 하였는가.

지금은 내 스승인 아들아이가 사춘기란 홍역을 무섭게 치를 때였다. 밤낮 노심초사하는 부모에게 "내가 누구의 아들인데…." 하던 그의 말은 어떤 위로의 말보다 우리를 안심시켰다. 그후 더욱 그들의 좋은 부모이길 바랐으나, 지금 다 성장한 그들의 모습 속에서 부모의 부족한 모습을 볼라치면 마음이 아프다. 그래도 새로운 세상을 아이들을 통해 만난다. 그들과의 대화 속에서 내가 겪어 보지 못한 세상을 엿보는 재미가 있다. 미처 일러주지 못한 지혜도 그에게서 본다. 겸손하고 순수한 마음을 배운다. 아들아이가 이렇듯 성심껏 가르치는데 좋은 제자가 되어야겠다.

이다음 내가 겪어 온 온갖 세상 얘기들이 이 컴퓨터에 저장 되었다가 한곳으로 합쳐질 때 또 다른 교훈으로 아이들에게 남겨질 수 있다면 얼마나 멋진 일인가. 그리고 그들에게 가슴으로 깊이 기억될 아름다운 수필 한 편을 남길 수 있다면 얼마나 행복할까.

(1999.)

입장을 바꾸면

  •
    •
      •

이제껏 세상을 살면서 내가 '가해자'가 될 수도 있다는 생각을 별로 해보지 못했다.

내 마음만 믿고 성실히 묵묵히 살아가면 누구에게 해를 주는 사람은 되지 않을 것이라는 생각이 늘 지배적이었다. 그런데 얼마 전 한 순간에 '가해자'가 되었다.

그 날, 허둥대며 일을 보다가 잠시의 방심으로 가해자라는 상황에 빠졌다. 일을 바쁘게 보고 다른 긴요한 약속시간에 대어 가려고 차를 몰아 골목을 빠져 나오는 순간, 느닷없이 튀어 나오는 아이가 있었다. 반사적으로 브레이크를 밟았지만 아이의 여린 몸이 범퍼에 닿으며 아이는 뒤로 넘겨졌다.

순간, 숨이 멎는 듯하여 잠시 멍하니 앉았다가 정신을 차리고 뛰어나가 아이를 일으켜 안았다. 그리고는 아이를 차에 태우려 하는데 그 아이도 놀라서 두려워하며 경계하는 눈치가 역력했다.

잠시 달래는 사이, 지나던 그 아이가 다니는 교회 목사님이 그 광경을 보고 함께 달래주셨다. 그때 나는 빨리 응급조치해야 한다는 생각 외엔 다른 어떤 것도 떠오르지 않았는데, 지나던 행인들이 거드는 한마디 한마디가 더욱 당황스럽고 혼동되게 했다.

"어서 병원으로 가서 정밀검사를 해야 한다." "지금은 멀쩡해도 교통사고는 그 다음날이 더 문제다." "어서 이 아이 부모에게 연락해라!"

'아~ 그래 내가 가해자구나.'

그 순간 큰 두려움이 엄습했다.

다행히 그 아이가 무사함을 병원 검사 결과로 확인할 수 있었으나, 지금도 그 순간만 기억하면 식은땀이 흐른다.

응급실 간호사의 불친절한 말투와 고압적인 자세가 간호사에 대한 고운 선입견을 흐리게 했다. 또한 웅성이던 행인들의 싸늘한 말 속에서 세상을 다시 배우기도 했다. 다행히 그곳을 지나던 이웃의 한 분이 나를 알아보고 그럴 사람이 아니니 걱정 말라며, 내 마음을 조금 대변해 주었는데 얼마나 고마웠는지 모른다. 솔직히 그때 그 아이를 놀라게 하고 또 아이의 부주의를 나무랄 운전자의 마음보다는 자식을 키우는 어미의 심정이 훨씬 앞섰다. 진단

결과 의사 선생님이 안심해도 된다는 소견이 있음에도 그날 밤이 얼마나 혼동되고 걱정스러웠는지 한잠도 잘 수 없는 길고 긴 밤을 보냈다.

그 긴 악몽의 밤을 보내고 이른 아침에 아이의 집으로 안부 전화를 하니 아이가 직접 받는데, 그날 아침 햇빛이 어찌나 찬란한지 베란다 문까지 활짝 열고 겨울 아침공기를 마음껏 들여 마셨다.

그리고 그 날 오후, 유치원에 다녀오는 아이를 그애 집에서 맞으면서 다시 한 번 눈물이 나도록 고마워 우리를 돌보신 하나님께 감사드렸다.

이 일을 겪으며 생각해 본다. 우리가 이생을 살면서 어느 때에는 가해자이고 어느 때엔 피해자일까. 언제나 한 순간에 입장이 바뀔 수 있음을 경험하면서 새삼스럽게 가족과 이웃에 대한 태도를 돌아보게 된다.

마음으로 또는 언행으로 알게 모르게 우리는 얼마만큼 가해자일까. 다만 자신만은 늘 잘못이 없고 타인만이 자신에게 가해자라며 피해 의식 속에 살아가지는 않는가. 공연히 마음의 평정을 잃고 시기심, 이기심, 자만심에 빠져 이성을 잃지는 않았는지 돌아보는 계기가 되었다. 이제부터라도 사랑하는 가족과 이웃에게 상처로 남을만한 언행을 삼가도록 해야겠다.

내 주변 사람들에게도 물질 뿐만 아니라 정신적으로라도 가해자가 되지 않도록 노력하며 살아야겠다.

그리고 우리의 삶은 언제나 입장이 바뀔 수 있으니 너무 자만심에 가득 찬 채 마음의 시력을 잃지 말아야겠다.

무사히 끝난 차 사고가 준 고마운 교훈이다.

(2000.)

5 부

까치의 집

까치의 집

•
•
•

봉화산 자락에 무리 지어 피어난 연분홍 진달래의 수줍은 눈인 사가 화사한 봄날이다. 도시의 가로수도 연하디 연한 봄빛으로 겨울의 깊은 잠에서 깨어났다. 모처럼 도시를 벗어나 달려가는 차창으로 눈처럼 탐스런 배꽃의 축제가 한창이다.

오늘은 여고 때 친구들이 한자리에 모이는 날이어서 며칠 전부터 부산스럽게 전화가 오고간 후 약속 시간과 장소가 정해졌다. 지난해 도시 탈출을 시도하여 자연으로 돌아간 친구의 집에서 모이기로 한 것이다.

광릉수목원을 지나는 길목에는 자연의 위엄 앞에 소리 죽여 지나는 바람소리가 우리를 더욱 바쁘게 한다. 하늘에 닿을 듯 쭉쭉 길게 뻗은 울창한 소나무 숲 사이를, 곡예사가 된 듯 운전을 하면

서 당당하게 모진 세월을 견디었을 그들의 위세 앞에 감탄사가
절로 난다.

그 숲을 지나고 나니 야트막한 산자락에 갖가지 꽃이 우리를
반긴다. 그래 우리도 오늘은 자연인이 되어보자.

드디어 친구의 집이 자리한 포천군 소흘면 직동리에 도착했다.
아담한 동네 한가운데 언덕 위에다 원목으로 멋지게 지은 집이었
다. 언젠가 신달자 님의 시집에서 보았던 〈소흘산〉이라는 산 이름
이 오래도록 정겨운 이름으로 기억되었는데 참 반가운 일이다.
그분은 광릉수목원과 소흘산 자락을 작품의 고향으로 삼은 듯이
소흘산을 칭송했었다 .

소흘 소흘 숲에는 바람이 있었다.
하늘에는 흐린 반달이 반쯤 얼굴을 가린 채 우리를 지켜보고
큰 산 하나가 우리의 가슴에 와 녹아 있다.
그대여 우리는 아무 말도 하지 말자.
　　　―신달자의 〈소흘산〉

이 시를 읽고 소흘산이 궁금했는데 친구가 매일같이 그 소흘산
자락을 마주보고 살아가고 있다. 우리는 이런 자연에서 새로운
집을 짓고 그 산자락 동네의 주민이 된 것을 축하해 주었다.

우리는 자수성가(自手成家)라는 말을 자주 쓰고 꽤 듣고 산다. 그 친구네도 자수성가한 집이다. 우리가 어린 시절 흔하게 겪어낸 가난이라는 굴레를 그도 끝까지 잘 견뎌내고 신혼 때부터 한 계단 한 계단 오름의 기쁨을 맛보며 살아 왔다. 시집과 친정에 해야 할 도리도 버겁지만 마다하지 않고 20년 넘는 세월을 한마음으로 살아 왔다.

　주인이 붙여 놓은 '까치의 집'이라는 문패가 잘 어울렸다. 위치며 겉모양새며, 기쁜 소식만 전해 주고자 하는 그 집주인들의 마음씀이 가득 담긴 이름이라며 우리는 감탄했다.

　친구는 도시에서 살 때 따로 사시던 시부모님을 모시고 이사를 와 안방에서 가장 가까운 방을 부모님의 방으로 꾸며 놓았다. 그 친구의 마음씀이 복 받을만 하다고 생각되었다.

　30명이나 되는 친구들이 무리무리 짝을 지어 찾아드니 오래간만의 만남인지라 웃음꽃이 활짝 폈다. 나름으로 자신의 위치에서 최선을 다하는 성실하고 반듯한 친구들이다.

　우린 서로에게 믿음이 있다. 전쟁 직후의 유년시절을 너나 할 것 없이 어렵게 보냈다. 여고시절까지도 여유로운 삶이 아니었기에 함께 겪어 낸 고난이 삶의 밑거름으로 단단하게 자리 잡고 있으리라 생각한다.

　소풍날만 되면 전교생을 휘어잡던 재담꾼 친구는 아직도 공직에 몸담고 있으며, 어려운 시기에 진급까지 했다고 해서 함께 축하해 주었다. 한 친구의 서예전 입상 소식에 박수를 보내며, 다른 친구의 사진전 소식에 서로 격려하였다.

작별시간에 집주인은 언제나 사랑방이 열려 있다며 남편과 함께 다니러 오란다. 이 숲이 더 녹음이 짙어지면, 가을의 현란한 빛깔이 곱게 물들면 다시 한 번 가겠다고 약속하며 헤어졌다.

소흘면 소흘산 자락에 '까치의 집' 주인처럼 넉넉한 마음으로 여유로운 삶을 살 수 있도록 서로를 도닥이는 시간이었다.

(1999.)

인연

•
•
•

얼굴에 스치는 바람이 차갑다 못해 따갑고 아프다.

메마른 도시의 아스팔트 위를 뒹굴던 숱한 낙엽도 어디론가 자취를 감추어 얼마 전까지도 느끼던 풍성한 가을의 정취는 어디서도 찾을 수가 없다.

몇 해째, 한 달에 한 번 이 길을 설렘과 감사한 마음으로 찾아오곤 했다. 어느 봄날 작은 것이나마 나누자는 마음으로 교우(教友) 몇 분과 이 길을 처음으로 나섰을 때의 기억이 새롭다.

우리 주변에서 흔하게 만날 수 없는 아이들, 지체부자유 아이들이 생활하는 이곳에서 무엇인가 보탬이 될 것이 있을 듯싶어 찾아왔었다.

이제는 쉽게 헤어지기 어려운 인연이 되어버린 아이들이지만 처음 그들의 방으로 원장님 뒤를 따라갈 때는 잘할 수 있을지 염려 반 두려움 반이었다.

바깥과는 다르게 어둠침침한 긴 복도를 지나서 맨끝 방인 백합방으로 들어서는데, 그 순간 당황하지 않을 수 없었다. 나름대로는 굳게 마음먹고 찾아 왔지만 방안의 정경이 그만 굳은 결심을 단번에 무너지게 할 뻔 했다.

방안에는 일곱 명의 아이들이 뒹굴 듯이 누워 있었다. 처음에는 소아마비 정도의 아이들이려니 했었는데 훨씬 중증이었다.

원장님이 처음 온 자원봉사자라고 소개를 하자 젊고 예쁜 보모가 반갑게 우릴 맞아주었다. 어찌할 바를 몰라 머뭇거리자 "어머니, 아이들과 놀아 주시면 돼요." 하며 하던 일을 멈추지 않는다.

그래도 선뜻 아이들에게 다가서지 못하고 우두커니 서서 두리번거리기만 하는데, 한 아이가 어렵게 다가왔다. 서툴게라도 걸을 수 있는 아이는 두 명뿐인 듯 하고 나머지는 누워서만 지내는 듯싶었다.

방안은 텁텁하고 역겨운 냄새로 더 견디기 어려웠지만 꾹 참고 있었다. 아이들의 침 냄새와 대소변 냄새가 엉겨 밴 탓이었다.

아이들도 낯선 듯 멀거니 바라만 보더니 걸을 수 있는 다른 한 아이가 어렵사리 걸어와 눈을 마주치며 아는 체를 해 얼른 팔을 벌리고 안아 주었다 .

잠시 후 가까이에 누워있던 아이 하나가 불편한 몸을 간신히 일으켜 살며시 건드린다. 그만의 환영인사였다. 그래서 바로 한 아이 한 아이에게 악수를 청하며 인사를 건넸다. 아무에게도 대답도 들을 수 없었던 상견례였지만 그애들은 천진한 미소와 맑은 눈으로 반겨 주었다.

아이들은 일곱 살에서 열세 살까지라 했다. 이렇게 아이들과의 소중한 인연은 시작되었다.

이 아이들은 어쩌다 이런 모습으로 이 세상에 온 걸까. 저 아이들의 부모는 얼마나 아팠을까. 부모를 대신하여 불편한 아이들을 지성으로 돌보고 있는 보모는 성자로 보였다.

안타까움과 고마움으로 범벅된 마음을 주체하느라 눈물이 앞섰다. 불편한 몸과 의사소통이 안 되는 장애아들이었지만 차츰 차츰 정이 들었다.

그런 중에 마음이 더 아팠던 것은 자폐증세가 너무 심해 안아주는 것조차도 거부하는 아이의 눈빛과, 시력 청력을 모두 잃은 아이가 감각으로 사랑을 받고 싶어 하는 모습을 보는 것과 제 이름을 불러도 반응이 없는 아이를 바라보는 것이었다.

그 중 한 아이는 간신히 매달린 지능으로 의사소통을 하고 휘어진 다리로 차고 뒤틀린 손으로나마 잡아당기며 재미있다고 깔깔댄다. 그 모습을 보면 얼마나 신통하고 대견스러운지. 그나마 약간의 지능을 가진 그 아이가 휠체어를 타고 수업을 들으러 등교를 하는 것을 보며 이 사회가 고마워지기도 했다.

옆 자리에 다른 친구에게 시선을 줄라치면 금새 시샘을 하는 귀엽고 작은아이들을 남겨두고 집으로 올 때는 늘 가슴이 시렸다.

식사 시간이면 누워있는 상태로 번갈아 한 숟갈씩 받아먹어야 되는 아이들, 씹을 수가 없어 연한 음식만 먹어야 되는 아이들이지만 여느 아이들처럼 자신에게 주는 사랑엔 어찌 그리도 예민한 건지. 어쩌다 한 번 엄마가 된 심정으로 가슴에 꼭 안아주면 그 환한 미소가 더욱 아프게 했다.

한참 동안 관심이 멀어지면 서운한 모습이 역력하여 한 아이에게만 집중적인 관심을 쏟을 수 없다.

창 너머 계절의 변화를 보여준다며 한 아이씩 번쩍 안아 바깥 구경을 시켜 주면 혼자만 계속 보고 싶다고 울어버리는 아이도 있었다.

어느 해 어린이날, 생전처음 소풍을 갔었다. 안기고 업히고 휠체어에 타고 일일 부모로 결연을 맺어 세상 밖으로 나가던 날을, 비록 희미한 기억으로나마 아이들은 잊지 못할 것이다.

이제 며칠 지나면 궁금해지고 어쩌다 한 달 건너뛰면 아이들이 꿈에 보이기도 한다. 내 자식 귀하고 곱게 길러낸 20여 년 세월,

감사하다는 생각도 제대로 갖지 못했던 못난 세월이었다.

이제껏 너무 욕심으로 얼룩진 세월을 보낸 듯 부끄럽기 그지없다. 이제껏 받았던 복을 세어보며 살아가야 할 것 같다.

밤낮없이 그애들을 보살피는 처녀 엄마를 보며 세상의 귀한 사랑을 볼 수 있음을 감사한다. 가끔은 알아보고 반가이 맞아주는 아이가 있어 고맙기도 하다.

'공수래 공수거(空手來 空手去)'라 했던가. '마음이 가난하고 겸손한 자라야 천국이 저희 것' 이라 하지 않는가. 작은 정이나마 나눌 수 있다는 것에 감사하리라. 바다도 작은 물방울부터 시작되고, 모닥불도 여러 개를 쌓아 놓으면 그 화력이 좋다하지 않는가.

미력이나마 그들에게 힘이 될 수 있기를 바라며 오랫동안 그애들과 만나고 싶다.

(1998.)

가을 운동회

나이 탓일까. 아침에 일어나니 온몸이 천근만근이다.

내 딴엔 꾸준히 운동을 해서 괜찮겠지 했는데 너무 무리였나 보다.

어제는 교구 회원들이 한자리에 모여 가을 운동회를 하였다. 모처럼 물 만난 물고기처럼 이 종목, 저 종목에 선수로 끌려 나가, 젊은 교우들과 겨루기를 하며 땀 흘린 하루가 즐거웠지만 꽤 힘겹기도 한 하루였다.

돌아오는 길에 남편과 딸에게 힘들다 엄살을 하다말고, 조금은 쑥스러워 내년에도 선수가 되려 하거든 좀 말려 달라고 하니, 딸아이는 엄마가 참석을 안 하면 모를까 어림없을 거란다.

"엄마는 자타(自他)가 공인하는 만능선수가 아니냐?"며 슬슬 놀린다. 듣고만 있던 남편이 한 마디 거든다. "당신은 환갑이 되어도 보기 좋을 거야!"라며 언제나 주전 선수로 남기나 하란다.

오늘아침, 출근길에 아파트 단지 옆 초등학교에 휘날리는 만국기가 보여 가던 길을 멈추고 한동안 추억에 빠졌다. 오색 풍선과 깃발이 펄럭이는 이 운동장에서 요즈음 아이들은 어떤 꿈을 꿀까. 먼 훗날 운동회에 대한 어떤 기억에 마음이 아련해질까. 공책 몇 권과 연필 몇 자루의 상품으로 세상에서 가장 부자가 되었던 풍성한 가을 운동회였는데, 요즘 아이들은 무엇으로 오늘 부자가 될 수 있을까.

모든 것이 풍족하다 못해 넘쳐나는 요즈음, 이런 특별한 날 아이들은 무엇을 그릴까. 하루가 다르게 발전하는 이 시대가 편하고 고맙기도 하지만, 어쩌면 작고 소박한 꿈은 자꾸만 사라지는 것 같아 서운하기도 하다.

코끝으로 스치는 바람이 상쾌해지는 이런 청명한 가을이면 유년시절의 가을 운동회를 생각한다. 만국기가 펄럭이던 넓은 운동장에는 용진문과 개선문이 섰고, 경쾌한 행진곡이 울려 퍼졌다. 이른 아침부터 들려오는 행진곡 소리에 들떠 아침밥도 거르고 부리나케 달려가던 운동장에는 아이들의 밝은 웃음소리가 가득했었다.

청군백군의 표시로 모자와 머리띠를 두른 까맣고 반들반들한 아이들은 흰 메리야스에 까만 반바지차림으로 운동장에 모여들었다.

그렇게 유년시절의 운동회는 설렘과 자부심이 있었다. 우렁찬 구령에 맞춰 준비 체조로 시작한 운동회는 귀빈석에 손님이 한 분 두 분 자리를 잡고, 부모님들은 운동장가에 둘러서서 자식이 있는 곳을 찾느라 부산스럽다. 언제나 일찌감치 자리를 잡고 눈을 맞추어 주시던 부모님은 언제나 나를 든든하게 안심시켜 주셨다.

1학년 달리기를 시작으로 공굴리기, 장애물경기, 과자 따먹기 등으로 양 팀의 점수가 매겨지고, 오재미란 곡식주머니로 공중에 매달린 공을 터트려 비둘기를 날려 보내고, 오색 꽃가루와 함께 내려와 점심시간을 알려주던 플래카드는 어린 시절 우리에겐 좀처럼 보기 드문 구경거리였다.

오후에 펼쳐진 마스게임, 고전무용, 기마전, 차전놀이, 손님 모시기 등은 우리들을 무용가, 육상선수, 개선장군, 민속놀이 전문가로 만들어 주었다.

마지막으로 청, 백팀의 계주가 열리면 어른 아이 할 것 없이 운동장이 떠나갈 듯 응원을 하느라 그날의 남은 기운을 모두 쏟아 부었다. 그렇게 신명나고 즐거운 가을운동회는 아쉽게 저물어 갔다.

그때 나는 학년을 대표하는 계주 선수였지만 언제나 상대는 군 대표를 할만치 잘 뛰는 K였다. 아무리 안간힘을 쓰며 뛰어도 좀처럼 간격을 좁히기 어려웠지만 다음 번 주자가 그것을 만회해 주면 가끔은 우승의 기쁨도 맛보고는 했다. 그녀는 아직도 그렇게 잘 뛸 수 있는지 언제 만나면 물어 보고 싶다.

이렇게 어린 날의 가을 운동회는 가슴속에 깊게 자리 잡고 가끔 가을이 되면 추억의 뜰로 불러낸다.

이 세상엔, 감당할 수 없는 욕심을 키우고 이기심만 키워가다 자신뿐 아니라 주변 사람들에게 너무 큰 상처를 남기는 사람들이 흔하게 생겨난다. 살기가 어렵다고 힘겨워하지만 우리는 모두 예전보다 얼마나 많은 것을 가졌는가.

주어진 현실에 감사하며 겸손하게 살아감을 누가 게으르다 무능하다 하겠는가. 너무 황당한 꿈을 꾸어 이 사회에 우환(憂患)으로 남기보단 얼마나 고마운 일인가.

어릴 적 만국기 아래서 꾸었던 우리들의 소박한 꿈처럼 다시 새롭게 알맞은 꿈을 꾸면 좋겠다. 너무 허기진 사람들처럼 잔뜩 욕심으로만 채우려 들지 말고.

(2001.)

할머니와 풋콩

> ·
> ·
> ·

바쁜 일상에서 잠시 벗어나 도시를 빠져 나가니 눈앞에 펼쳐지는 오색 단풍이 찬란하게 빛나고 있다.

가을 하늘의 청명함이 순백의 도화지처럼 여러 가지 꿈을 꾸게 한다. 카스테레오에서 흐르는 귀에 익은 명곡이 부드러운 DJ 음성과 어울려져 감미롭고 평화스럽다.

이런 여유를 일부러 가지려고 길을 나선 것은 아니지만 마침 출장을 가고 있는 중이다. 다행히 복잡한 도시가 아닌 사계절 경치 좋기로 유명한 남한강 강가를 따라 양평으로 가고 있었으니, 일도 보고 경치도 감상하니 이런 걸 일석이조라 하는가 싶다.

몇 해 전부터 남편이 하던 사업을 이어받아서 하고 있다. 남편은 이 일이 사양사업이라며 다른 일을 찾아 나가고, 부족하고 어렵지만 나 혼자 끌어가고 있다.

종종 시행착오도 겪고 난감할 때도 있었지만, 세월이 약이라더니 이젠 일에 자부심을 갖게 되고 어느 정도 자리도 잡게 되었다. 그래서 오늘처럼 한가로운 나들이의 기분도 맛보는 보너스도 가끔은 받게 되니 참으로 고마운 일이다.

일을 잘 마치고 돌아오는 길이 너무나 산뜻하여, 콧노래까지 불러가며 가을정취에 도취되어 오는데, 막 동네 어귀를 빠져 나오자 어떤 할머니께서 차를 세웠다.

잠깐 동안 이 여유를 계속 즐기고 싶다는 욕심이 생겼지만, 마음을 돌려 차를 세우고 행선지를 물으니 서울로 간다며 신세 좀 지자고 한다. 망우리 쪽으로 간다고 하니 서울 아무 데서나 내려도 좋다고 하였다.

막상 노인을 차에 태우고 조용히 운전만 하자니 골난 사람 같아 이런저런 말을 나누었다. 이 마을에서 오래 살았고, 팔당댐 공사로 수몰되어 농사는 별로 없고, 지금은 조그만 기도원에서 일을 돕고 있는데 며느리 생일이라 서울에 간다고 하였다.

그러고 보니 할머니는 국화꽃을 한 아름 안고 있었다. 며느리에게 줄 선물이냐고 했더니 곱게 웃으시며 "산과 들에 지천인데 며느리에게 향기를 나눠 주고 싶어서요." 한다. 할머니의 인자한 모습에 정이 넘쳐흐르고, 조금 전에 잠간의 이기심에 얼굴이 확 달아

올랐다. 이야기는 계속 되었는데, 할머니는 여자가 운전하는 차라 세우기가 좀 더 편했다면서 고마워했다.

가끔 이런 방법으로 서울 나들이를 하는데 젊은 남자가 운전하는 차는 조금은 경계가 되더라고 하면서 꽤 쑥스러워 하신다. 그 말을 들으며 몇 해 전 마음이 씁쓸했던 기억이 떠올랐다.

처음 운전을 하고 고향집에 가던 길이었다. 조금은 외진 시골길에서 초등학교 저학년으로 보이는 여자아이가 큰 가방을 메고 타달타달 걸어가고 있었다. 동네 친척아이나 만난 듯이 반갑게 말을 걸며 함께 가자고 하니, 잠깐의 주저도 없이 "싫어요." 했다. 엄마가 아무 차나 타면 안 된다고 했다며 꽤 공격적인 말투로 나오는데 많이 당황했었다.

우리가 자랄 때는 지나가는 소달구지나 자전거, 트럭도 아무 때나 얻어 타던 편안한 시절이 있었던 걸 기억하며 정 많고, 인심 좋던 그 시절이 아련히 그리웠었다.

갈 때는 나만의 여유로움이 가득하던 차 안이었지만, 돌아오는 길은 연륜이 꽉 차신 어른의 신앙생활 이야기, 자식이야기, 영감님이야기가 차안 가득 국화꽃 향기와 어우러져 풍요로웠다.

차창 너머 스치는 단풍의 향연이 더욱 흥이 나있고, 유유히 흐르는 강물의 여유가 더욱 평화로웠다.

구리시를 지나고, 망우리로 접어드니 내릴 곳을 일러주었다.

작별인사를 나누다 말고 할머니께서는 비닐봉지 하나를 건네주었다. 신세 지는 어떤 차에라도 주고 싶어 따로 챙기셨다며 괜찮다는 내 사양을 한사코 막으신다.

집으로 돌아 와 풀어보니, 정갈하게 다듬어 차곡차곡 담겨있는 애고추와 풋콩 한 사발이 정겹다 못해 가슴 가득 그리움이 되어 밀려온다.

그래 이것이 정이지, 낯선 사람도 믿어주고 가까운 이에게는 마음의 문을 활짝 열고, 정이라는 마음의 샘물이 마르지 않게 항상 퍼 올려주고 아낌없이 나누는 것이라 했다. 내가 좋아하는 문우(文友)는 '사람은 무엇으로 사느냐?'고 물으면 '정으로 산다.' 고 노래했다.

오늘, 세상에서 가장 값진 정(情) 한 아름을 차비로 받았다. 그리고 이것이 아름다운 가을의 정취보다 세상을 더 아름답게 물들여야 할 빛깔임을 깨달았다.

그럼 나는 내일 어떤 빛으로 세상을 곱게 물들일 수 있을까.

(2001.)

식목일의 회상

• • •

 따스한 봄볕이 살며시 어깨 위로 내려와 앉자 마음이 나른해
지기 시작하였다.

 그러면서도 겨울 동안 어렵사리 지내온 우리 집 작은 베란다에
자꾸만 마음이 갔다.

 언제, 하루 날 잡아 손을 봐야 하는데 차일피일 미루면서 마음
이 개운치를 못했다.

 지난겨울, 대청소를 한다며 창문을 열어놓고 하룻밤을 그대로
보낸 일이 있었다. 그날따라 밖의 기온은 사정없이 떨어져 다음
날 아침, 습관대로 베란다로 나갔다가 탄식과 비명이 섞인 신음소
리를 내고 말았다. 꽁꽁 얼어버린 정든 화초들은 가엾게도 축 늘

어져 있었다.

누구에게 원망 한마디 못하고 가슴앓이를 며칠 하다가 베란다로 용기를 내어 나가보니, 다 죽었다고 생각했던 화초 중에 몇 그루에서는 조금씩 생명의 위대한 힘을 발휘하고 있었다. 살금살금 피어나기 시작하는 화초를 향해 "애들아 고맙다."며 혼자 중얼거렸다. 그러나 몇 년 동안 옹기종기 모여 살던 화초네 가족은 정신없는 주인 때문에 반이나 되는 식구를 잃고 말았다.

그리고 겨우내 죽은 화초는 흉물이 되어 베란다 한 구석을 차지하고 있었다.

유년 시절은 전쟁 후라 온 산이 민둥산이었다. 그때는 도시나 시골이나 많은 집들이 땔감으로 나무를 썼다. 그래서 더구나 식목일이면 많은 나무를 심곤 하였다.

그 날은 학교 행사나 관공서의 행사가 아닌 마을 전체의 행사였기에 아버지를 쫓아서 산에다 나무를 심었는데 마치 소풍날과 같았다. 어른들이 구덩이를 파면 우리들은 그 곳에 묘목을 심고 물을 부어 주면서 어서 커서 푸른 숲이 되라며 신바람이 났었다.

그때는 언제나 가을이면 아카시아 씨앗과 싸리나무 씨앗을 편지봉투로 하나 가득 채취해 가져가는 것이 큰 숙제였다. 어린 여자아이의 힘으로는 해내기가 힘든 숙제인지라 온 가족이 도와주던 유일한 숙제이기도 했었다.

요즈음, 젊은 엄마들은 아이들의 과제물을 위해 인터넷이라는 정보의 바다를 헤맨다는데 그 시절 우리 어머니들은 아이들의 숙제를 위해 산과 들을 헤매셨다.

내가 유년의 아이들을 키우던 시절에는 아이들이 숙제로 받아 온 나무심기를 하려고 일부러 묘목을 사 가지고 고향으로 갔었다. 가끔 그것이 여의치 못하면 개나리, 장미 같은 작은 묘목을 사서 옥상에 만든 작은 화단에 심으며 우리 가족만의 오붓하고, 즐거운 식목일 행사를 가졌다.

오랫동안 식목일 행사를 잊고 살았다. 해마다 뉴스 속에서나 보게 되는 그런 식목일이었는데, 올해는 베란다 화분에 화초로 볼 작은 나무를 옮겨 심으며 우리 부부만의 쓸쓸하지만 새로운 행사를 가졌다.

나무시장에서 아이들의 성화도 참견도 없이 주섬주섬 나무 몇 그루를 사 가지고 나오며 아이들의 재잘대던 소리를 듣는다. 그러면서 그들만의 바쁜 일상에 마음을 애써 두지 않으려 한다. 이젠 우리만의 행사가 될 것이 얼마나 많을지를 알기에 서운해 하지도 않으려다.

요즈음 '홀로 서기'라는 단어를 자주 되뇐다. 점점 많아지는 시간을 주체 못하는 미숙한 중년은 되고 싶지 않다. 언제나 힘차고 알차게 미래를 설계해서 알토란같은 노년을 준비하고 싶다. 가끔은 베란다 화분처럼 생각지 못한 시련의 날도 있을 터이고 때로는 가슴 벅찬 기쁨의 날도 있으리라.

내게 다가서는 모든 일상에 조바심 없이 순응하는 여유를 가지리라. 희로애락의 표정을 곰삭여 낼 줄 아는 여인이고 싶다. 마음의 동산 가득히 언제나 푸르름을 간직할 수 있는 나만의 식목일 행사를 자주 가지리라.

요즈음, 베란다 하나 가득 봄을 옮겨 놓고는 그쪽만 바라봐도 행복해 하는 중이다. 그들의 싱그러움이 겨울 내내 메말랐던 가슴에 봄비가 되어 속삭여준다.

앙증맞은 어여쁜 봄꽃이 덩달아 따라와 내게 눈을 맞춘다.

(2001.)

굴비 예찬

　·
　·
　·

　휴일 저녁시간에 모처럼 식구들이 식탁에 앉았다.

　식구라야 남편과 딸아이 달랑 세 식구지만, 오늘처럼 한 자리에 앉아 저녁 식사를 하기는 오랜만이다. 뽀얀 접시 위에 놓인 노릇노릇하게 구운 굴비 세 마리에 더욱 허기가 느껴졌다. 아들아이가 집에 있었다면 분명 한 마리를 더 구워 식탁에 올렸을 것이다.

　나는 유난히 굴비를 좋아한다. 맛도 맛이려니와 그냥 무작정 좋다. 어쩌다 대형 마트나 수산시장에 갈라치면 어김없이 굴비를 한 두름 사야만 시장보기를 다한 것 같다. 주머니 사정이 좋을 때는 어른 손바닥만한 것으로, 그렇지 못하면 어린아이 손바닥만한 것이라도 사와야 직성이 풀린다. 크기가 무슨 상관이랴, 그저 식구 수대로 구워서 자기 몫으로 차지하면 흡족하지 않은가.

어릴 때 들은 동화 속 자린고비 아버지는 굴비 한 마리를 천장에 매달고 밥 한 숟가락에 굴비 한 번 쳐다보기를 했다지만, 나는 언제나 사람 수만큼 있어야 마음이 훈훈하다.

요즈음, 웬만한 식당에서는 자잘한 놈이라도 손님 수대로 밥상에 올리는 것을 보면 그리 귀한 생선도 아닌가본대, 아직도 굴비만은 크기와 상관없이 귀하게 여긴다.

얼마 전 드라마에서 갓 시집온 손자며느리가 식구 수대로 구워 올린 굴비 때문에 시할머니가 노발대발 하는 것을 보았다. 그 할머니의 근검절약을 이야기한 거지만, 그 어른의 가르침에 박수를 보낼 수 없었으니 아마도 그것이 굴비였기 때문이었을 것이다.

나는 초등학교 6학년까지 바다를 한 번도 본 적이 없는 산골 아이였다.

6학년 때 인천으로 수학여행을 가서 바다를 처음 보았으니 생선구경을 다양하게 한 적이 없다. 어쩌다 장날이면 약간의 취기가 오르신 아버지는 자반고등어 한 손을 새끼줄 채로 들고 오셨다. 그런 날이면 저녁식사 시간이 기다려졌다. 어머니는 화롯불에 석쇠를 걸쳐서 자반고등어를 노릇하게 구워 내셨다. 그러면 온 동네에 고등어 굽는 냄새가 안개처럼 퍼졌다.

그러다 서울로 올라와 중학교에 다니게 되었다. 그리 넉넉하지 못한 살림으로 어찌하여 서울 유학까지 보내셨을까 궁금하기도 했지만 우리 부모님의 남다른 자식사랑이라 생각하며 그저 감사할 뿐이었다.

산동네 문간방에 세들어 살던 가난한 서울 생활은 마음마저 움츠려 들곤 했다. 주인댁은 그리 부자는 아닌 듯 했으나 뒤늦게 얻은 외동딸이 요즘말로 공주처럼 살았다. 봄이면 주인아주머니는 큼직한 굴비를 열 두름씩이나 사서 마당 한쪽 빨랫줄에도 매달고 담장에도 매달아 놓고는 몇 날 며칠을 줄기차게 연탄불에 지글지글 구웠다.

고향집에서는 제삿상에서나 볼 수 있는 굴비가 파리가 꼬이기 시작하는 초여름까지 걸려 있었다. 그 시절은 냉장고가 누구네 있다는 말만 들었지 본 적이 없던 때다.

어머니가 어쩌다 서울에 올라오시면 별 재료도 아닌 것으로 어머니만의 구수하고 맛깔스런 음식을 만들어 주셨다. 그래서 못 견디게 유혹하던 굴비 냄새도 아무렇지도 않게 견뎌냈다. 그때는 육체적 허기뿐 아닌 마음의 허기도 대단했으니까.

결혼을 해 어머니가 외손자를 보게 되어 우리 집에 와 계실 때 굴비에 대한 애환이 나보다 더 많았다는 걸 알게 되었다. 어머니는 언제나 연탄불에 굴비를 구워 주시고 싶으셨다고 했다. 그 후 자주 사다드리고 싶었는데 우리 모녀의 애환을 다 풀 시간도 없이 돌아가셨다. 아마도 그래서 아직도 그 생선을 무조건 좋아하는지 모르겠다.

60년대에는 굴비(조기)가 연평도의 특산물이라고 사회시간에 외었는데 지금은 영광이니, 법성포니 하면서 생산지 시비를 하는 것을 보며 조기란 놈이 서식지를 옮겨갔나 했는데 염장하는 동네에 따라 불려지고 있는가보다.

며칠 전 라디오에서 들으니 그 시절에는 굴비가 서민생선이라고 했지만, 나는 그때 우리집 밥상에 편하게 오르던 고등어나, 꽁치, 오징어 등이 서민 생선이라 생각한다. 지금도 백화점 선물 코너를 당당히 지키는 몇 십만 원 하는 귀족굴비도 있지만 그래도 흔하게 서민들 식탁에도 오를 수 있는 자잘한 굴비도 있으니 고마울 뿐이다.

바닷가에 태어나 줄곧 어촌에 살던 친구가 서울 와서 싱싱한 생선을 쉽게 사서 먹을 수 없어 몇 년을 생선을 먹지 못했다며 아쉬워했다. 산골 태생인 나는 감자나 고구마 호박 등을 돈 주고 사기가 어려워 새댁 때 고민했던 얘기를 하며 함께 웃었다.

내가 굴비를 쉽게 접할 수 있는 환경이었다면 굴비 예찬론자가 되지 않았을지 모른다. 적당히 어려웠고, 누추했던 어린 시절이 있었기에 작은 것에도 감사하고 고마워 할 줄 아는 사람이 되지 않았나 싶다.

이 다음에 내 자식들은 무엇을 그리워하고 귀하게 여기며 살아

갈까. 이미 이 세상에 넘쳐흐르는 물질로 귀하고 그리움이 없는 재미없는 삶이 되지 않았으면 좋겠다. 엄동설한(嚴冬雪寒)을 이긴 꽃이 더 곱고 화려한 법인데.

(2000.)

봄의 여심(女心)

．
．
．

　아직은 꽃샘추위가 소맷끝으로 파고드는 이른 봄이다.

　찬바람을 맞으며 봄을 찾고 있는 이웃 할머니를 만났다. 아파트 단지로 변하고도 끝데기에 조금씩 남은, 배 과수원 밭둑에 구부정히 엎드려서 나물을 찾고 있었다. 지금은 뵐 수 없어 가슴 저미게 그리운 어머니를 떠올리다 이내 지우고 나서 "할머니, 나물 뜯으세요?" 하니 "쑥이 나왔어요. 벌써." 낭랑한 목소리와 고운 미소로 할머니는 봄처녀가 되신 듯하다.

　가던 길이 바쁘지 않았다면 그분 곁에서 동무가 되어 함께 봄소식을 찾고 싶었으나, 시간이 여의치 못해 서둘러 가면서도 마음은 어릴 적 고향의 들판으로 달려가고 있었다.

　초등학교에 들어가기 전부터 오늘처럼 봄볕이 따스하고 봄바람이 살랑살랑 부는 날이면 냉이며 쑥이며, 달래 등을 찾아 나선 어머니를 졸랑거리고 따라 다녔다. 세월이 흘러 꿈 많던 소녀 시절에는 혼자라도 일찌감치 봄소식을 맞으러 들로 산으로 가곤 했었다. 산 넘어서 불어오는 봄소식에 귀 기울이며 꿈의 나래를 펼치다 말고 곧잘 콧노래로 봄을 맞았다.

겨울 내내 무뎌진 몸과 마음을 달래 주던 그 봄볕 속엔 아늑함과 넉넉함이 있었다. 그늘진 앞산 골짜기의 잔설이 풍경화처럼 남아 있을 때에도 봄기운은 힘이 넘쳤고, 훗날에 희망과 꿈을 부추겨 주었다. 지금 나는 그 시절의 어머니 나이가 되었지만 아직도 마음을 설레며 봄소식을 기다린다.

봄이 되면 봄맞이 행사인 듯 나물을 캐러 산과 들을 누비고, 가을이 오면 밤과 도토리를 주우려고 산으로 간다. 아직도 그래야만 계절을 아쉬움 없이 보낼 수 있으니 이것도 모전여전인 듯싶다.

그러나 이런 여유와 행복을 내 딸아이에게는 전해 주지 못한 것이 못내 서운하다. 도시의 쳇바퀴가 아무리 바삐 돌더라도, 입시의 각박함이 한없이 크더라도 조금쯤은 여유를 갖고 키우지 못한 게 두고두고 미안해진다.

어린 시절에 어머니는 일찌감치 밥상에 봄을 옮겨다 주며 가족의 봄맞이를 부추기셨던 것 같다. 시원한 냉잇국과 된장찌개에

파대신 넣었던 달래의 향이 아직도 코끝에 살아 솔솔 움직인다. 여리고 여린 쑥으로 만들어 주시던 쑥떡의 맛을 지금도 잊지 못해 흉내를 내며 살고 있다.

부지런하고 정갈하시던 분, 넉넉하지 못한 살림살이에도 늘 지혜가 있으셨다. 일찌감치 봄을 맞이하는 마음은 어머니를 닮았으나 그 지혜와 넉넉함은 늘 나를 부끄럽게 한다.

얼마 후면 봄의 한 가운데 자리할 것이다. 올해는 이 봄이 깊어지기 전에 서둘러 딸아이를 데리고 봄맞이 한번 다녀와야겠다.

그래서 봄의 향취를 내 마음과 더불어 사랑하는 딸에게 전해 주리라.

먼 훗날, 딸아이가 이런 마음을 조금이라도 간직하길 기대하면서.

(2000.)

용기

.
.
.

초여름 밤공기가 오늘따라 유난히 싱그럽다.

늦은 밤 시간이었지만 걷기로 했다. 무엇인가 좋은 일이 또 있을 것 같은 들뜬 기분으로 집을 향하는 발걸음이 무척이나 경쾌하다. 그러다 문득 2년 전 백일장이 떠올랐다. 이웃에 친구의 권유로 동대문구에서 중랑구로 분구(分區)가 된 후 처음 구청에서 주최하는 백일장 행사에 소풍 삼아 참석을 했었다.

친구가 간단한 점심까지 준비하고 봄 소풍을 가자기에 고마워하며 간식만 챙겨들고 순순히 따라 나섰다.

간혹 신문이나 TV에서 백일장이 열린다는 소식을 듣게 되면 마음은 늘 두근거렸지만 이제껏 용기가 없어 그런 행사에 기웃거려 본 적이 없었다. 그러기에 친구의 권유는 꽤나 반가웠지만 별

내색도 않고 따라 나섰다.

식순에 따라 행사가 시작되었다. 몇 분의 인사말이 끝나고 주의 사항이 주어지니 오래 전 학창시절로 돌아간 듯 마음이 울렁거렸다. 구청장님의 인사 말씀이 교장 선생님의 훈화처럼 들려왔다.

잠시 후, 과거시험장처럼 큰 두루마리 족자에서 그 날의 시제가 발표되었다. 그 날 주어진 제목 중 하나인 '어머니' 라는 단어는 친근히 다가와 어릴 적 문학소녀로 잠시 돌려주었다. 누구든지 '어머니'라는 단어 앞에 사연 하나 없는 사람과 추억 없는 사람이 있을까만, 그 제목은 쉽게 어머니와의 대화를 시작하게 했다. 그리움의 토로였고, 투정이었다. 그러자 늘 자애롭던 어머니 다정한 목소리가 들려왔다.

사춘기적 많은 소녀들이 그렇듯, 글을 쓰는 작가의 꿈을 꾸기도 했었다. 그러나 일찌감치 결혼하여 그런 마음을 깊숙이 접어 둔 채 생활의 실타래를 정신없이 풀며 살아왔다. 그러면서도 늘 숙제를 미뤄둔 학생마냥 마음은 언제나 무엇을 해야 할 듯 허전하고, 가끔씩 마음이 바빠지기도 했다.

그 날의 행사는 봄나들이의 유쾌한 기분에다 덤으로 내게 용기를 보태 준 뜻있는 날이었다. 수상의 기쁨이 들뜨게 하고, 문학의 꿈을 다시 꾸게 해 주었다.

그 후, 그 일이 계기가 되어 구청문화원에서 하는 문예창작 교실에도 참여케 되었고 가끔은 구청에서 치르는 행사에도 초청되는 영광을 누리기도 하였다. 더욱이 같은 꿈을 가진 '글빛' 동인 문우들도 생기고 지도선생님으로 노정(路停) 선생님도 모시게 되었으니 늦은 나이라면 나이에 이 얼마나 큰 행운인가.

거기다 오늘은 우리 구의 문인들의 모임에서 선배님들의 등단한 얘기며, 그분들의 열정을 가까이서 접하고 오는 길이다. 나도 다시 한 번 용기를 내어 보기를 다짐하며, 어두컴컴한 마을길을 두둥실 꿈을 실고 솜털처럼 사뿐사뿐 걸었다.

그때 마침, 버스 정류장 한 쪽에 몇 가지 야채를 늘어놓고 무표정한 얼굴로 앉아있는 아주머니가 눈에 띄었다. 그냥 무심히 지나치다가 그 모습이 측은하여 오이 무더기를 가리키며 값을 물었다. 우두거니 앉아있던 그녀는 값을 묻는 나를 보자 잘 아는 사람이라도 만난 듯 꽤나 반겼다. 값을 치르자 호박잎 두 단을 덤으로 주려한다. 거절했지만 막무가내다.

또 오이 봉지를 건데다 말고 무겁다며 저만치 들어다 주겠노라고 했다. 불편한 몸인 듯 보이는데, 따스한 인간미가 초여름 저녁 공기마냥 상큼했다. 다시 콧노래를 부르며 걷는데 한 손에 든 오이봉지가 땀을 흘리게 한다. 잠시 멈추어 하늘을 올려다본다. 별빛이 더욱 다정스럽다.

처음으로 나선 장사 길인 그녀의 어설픔과 이제 처음으로 문학의 길로 나서려는 내 모습이 서로 닮았다는 생각을 해 본다.

　이 저녁, 그녀와 내가 용기를 힘껏 내보기를 기원해 보며 어두운 밤길을 또다시 힘차게 걸었다.

(1998.)

거울 보기

•
•
•

봄볕이 따스한 아침, 운동 후 집으로 돌아오는 발걸음이 마냥 경쾌하다.

인적이 뜸한 동네 뒷길에서 지나가는 사람들에게 무언가를 묻고 있는 할머니가 있었다. 지나던 젊은 여인도, 학생도, 청년도 잠시 들어주다가는 가던 길을 바삐 가는 것을 먼발치서 보게 되었다.

부지런히 다가가 영문을 물으니, 억센 경상도 억양으로 어느 나루터로 간다는데 통 알아들을 수가 없었다. 다시 물으니 배에 짐을 싣고 사람의 왕래가 많은 그곳을 모르냐며 도리어 이해할 수 없다는 표정이다. "여기는 서울이에요." 어리둥절해서 집으로 모셔다 드린다 하니 당신도 집은 안다며 역정을 낸다. 아파트 숲에서 나루터를 찾으면서도 집에는 혼자도 갈 수 있다고 손사래를 친다. 행색이 깨끗한 걸 보아 치매증세가 있는 어른이란 생각이 들었다. 그 노인을 뒤로하고 집으로 돌아오는 발걸음이 조금 전과는 다르게 이런저런 생각으로 마음이 무겁다.

신혼 초의 일이다. 우리 집 아래층에 정이 많고 부지런한 내 또래의 J가 이사를 왔다. 그러던 어느 날 느닷없이 친정아버지를 모시고 와서 함께 살아야겠다고 했다. 선비처럼 조용하고 호남형의 그 어른은 병환 중인데 올케의 수고를 덜어 주기 위해 모셔왔단다. 나중에 안 일이지만 그분에게 치매증세가 간혹 나타나 길바닥에 버려진 쓰레기는 다 들여오고 가끔은 집을 잃어서 집주변을 헤매고 다니셨다. 그러다 나중에는 증세가 심해지면서는 한번 집을 나가면 며칠씩 헤매고 다녀 걸인으로, 때론 정신질환자로 오해받고 보호시설에 수용되기도 했다. 그럴 때마다 그녀가 애를 태우며 밤낮으로 찾으러 다니던 기억이 생생하다. 그 당시 그런 아버지를 극진히 모시는 그녀의 효심에 감동을 하여 노인치매에 대한 관심을 조금 가지게 되었다.

지난여름, 치매노인들을 보호하는 노인복지회관에서 교우들과 자원봉사를 하였다. 우리 일행의 임무는 그분들과 말벗이나 되어 드리고, 간단한 시중만 들어드리기였지만 그 어른들은 증세가 꽤 심해 보여 잘할 수 있을지 걱정이 되었다.

첫 대면하는 날, 인사를 건네자 어찌나 반기는지 조금은 당황하였는데 아마도 자식으로 착각하는 것 같았다. 왜 이제야 왔냐며 올먹이는 노인, 무엇이 그리 재미있는지 계속 소리 내어 웃으며 당신이 젊었을 때 얘기를 쉴 새 없이 하는 노인, 무표정한 얼굴로 어두운 기억의 터널에 갇힌 노인, 우는 치매, 웃는 치매, 싸는 치매, 먹는 것에만 집착하는 노인, 옷을 시도 때도 없이 갈아입는 노인도 있다 한다. 작은 것에도 집착이 강해져 싸움도 자주 일어난다고 하면서 젊어서 살아온 모습을 조금은 엿볼 수 있다고 간호사가 설명해 주었다.

평생을 사업가로 당당히 살았다는데 아무것도 모른 채 망각의 장막 저편에서 헤매는 어른의 무표정한 얼굴이 지금도 가슴을 아프게 한다. 평생 교육자로 살았다는 할아버지는 아직도 장기와 바둑 실력은 젊은 복지사를 능가하면서 왜 대소변을 가리지 못하는지, 종갓집 종부로, 자식은 물론 손자들도 훌륭히 키웠다는 어느 할머니는 인자한 미소와 위엄 있는 자세로 앉아만 있다. 간식 시간이 되어 "어서 드세요." 하니 "너 언제 왔니? 학교에서." 한다.

이렇게 동문서답식 대화는 아직도 가슴속에 메아리처럼 돌고 있다. 자식들의 휴식을 위해 잠시 와 계시는 분들의 처지는 그래도 가슴이 덜 아팠다. 우리 일행은 며칠 봉사를 마치고 돌아오며 어찌 그 모습이 우리의 모습이 아닐 수 있냐며 어두운 마음으로 돌아왔다.

그리고 며칠 전, 오랜만에 효녀인 J를 만났다. 오래 전 그녀의 효성에 감동한 이야기를 꺼내니 도리어 부끄럽다며 말을 막는다. "긴 병에 효자 없다 하지 않느냐."며 도리어 질 높은 효도를 할 수 없었다며 눈물을 보인다. 그녀의 효성심이 아름답기만 하다.

예전에는 노인들의 그 증세를 노망이라 하며 어쩔 수 없다고 당연히 받아 들였던 것 같다. 그런데 이제는 치매니, 알츠하이머병이니 하면서 이 시대의 또 다른 불치병으로 사회적 관심과 의학적 연구가 활발해졌다. 게놈프로젝트니, 우주여행이니 하면서도 아직 예방도, 치료도 신통치 못한가 보다. 미국 대통령을 지낸 분도 우리나라의 최초의 여성 법조인이며 여성 운동가의 대모였던 분도 이 불치병으로 우리를 안타깝게 하였다.

이 시대를 살고 있는 우리들의 대화에선, 무엇을 하면 치매예방에 좋다는 억지 주장이 먹히기도 해서 많은 사람들의 취미 활동이 된 화투놀이가 조금은 미화되기도 한다. 서로 귀찮아서 맡아보기 싫어하는 모임의 총무 일을 떠넘기려 할 때도 치매예방에 특효라며 부추기기 일쑤다.

TV드라마 속의 어느 노인은 산 이름 암송하기, 각 나라 수도 맞추기, 전화번호 외우기 등으로 예방에 힘쓰는 것을 보았다. 그럴 것이다, 어떤 일에든 전념할 일이 있다면 조금쯤은 예방이 될 수 있지 않을까. 세상을 건강하게 적극적으로 살 수 있기를 바란다. 먼 훗날 내 인생의 거울을 부끄러움 없이 볼 수 있기를 소망한다.

오늘 아침 큰 도움이 못되고 지나친 그 노인이 자꾸만 마음에 걸린다.

(2001.)

엄마의 겨울방학

∙
∙
∙

대학로 어느 좁은 골목으로 중년 여인들이 삼삼오오 무리를 지어 구름처럼 떠간다. 우리도 그들 틈에 끼어서 어렵지 않게 소극장을 찾아 들어가니 그곳의 열기는 영하의 바깥기온을 녹일 듯이 후끈하였다.

젊음이 넘쳐나는 이 거리 한 모퉁이에서 지나간 세월을 추억하기 위해 우리는 소극장으로 모여 들었다.

어둠 속에서 더듬거려 겨우 자리를 잡고 나니 함께 따라 와 준 남편에게 마음이 쓰였다. 소극장을 가득 채운 여인들 속에 눈으로 헤아릴 만큼 남자 관객 수는 적었다. 더구나 좁다란 의자가 미안하여 눈치를 살피니 상관없다며 빙긋 웃어 보인다.

공연이 시작되기 전, 무대에서 펼쳐지는 영상 속으로 쉽게 젖어

들었다. 귀에 익은 잔잔한 음악이 흐르며, 어릴 적 내 학교 같은 어느 초등학교의 운동장에는 흰 눈이 하염없이 내리고 있다. 잠시 후 계절이 바뀐 교정에서는 아이들이, 어릴 적 동무들처럼 미루나무 주변에서 힘차게 뛰어 놀고 있다. 흑백의 화면 속으로 추억여행을 하다말고 다시는 그 시간으로 갈 수 없음에 가슴까지 그리움이 차올라 눈물이 핑 돌았다.

며칠 전 딸아이는 성탄절 선물이라며 〈엄마의 겨울방학〉이라고 이름이 달린 '양희은'의 공연 입장권을 내밀었다.

공연이 시작되자 언제나처럼 그녀는 편안한 복장으로 무대로 나왔다.

우리는 젊은 관중만큼이나 열광을 하며 그녀를 맞았다. 우리가 젊은 날에 부르던 주옥같은 노래가 이어졌다. 〈아침이슬〉 〈이루어 질 수 없는 사랑〉 〈세 노야〉 〈하얀 목련〉 그리고 내 애창곡 중 하나인 〈한계령〉까지 그녀의 부드럽고 힘 있는 노래는 우리를 젊은 날에 추억 속으로 쉽게 데려다 주었다.

저 산은 내게 우지마라우지마라 하고, 발아래 깊은 계곡 첩첩산중
저 산은 내게 내려가라 내려가라 하고, 지친 내 어깨를 떠 미 내.
아~ 그러나 한줄기 바람처럼 살다 가고파

235

이~산   저~산 구름 몰고 다니는 떠도는 바람처럼~

　노래를 부르다 이야기를 하고 통기타에 맞추어 함께 노래를 부르기도 하면서 마음껏 웃고 박수치고 하다 보니 어느새 두 시간이 흘러갔다.

　오늘의 나들이가 소극장을 가득 메운 중년 여인들에게 엄마의 방학날이 되었으면 한다는 소망을 끝으로 공연의 막은 내렸다.

　오랫동안 방학이라는 말과 상관없이 살았다. 내가 유년시절에 손꼽아 기다리던 방학도, 내 아이들이 애를 태우며 기다리던 방학도 곁에서 떠나간 지 꽤 오래되었다. 내 유년시절에는 방학이 오면 무엇을 하고 놀 것인지를 생각하며 손꼽아 기다리는 방학에서, 아이들의 방학일 때는 어떻게 유익하게 방학을 보내게 해 줄까를 고민하며 머리가 아프던 방학이었다. 새로 받아든 '방학숙제'라는 과제물에 '매일의 날씨' 조사난을 때때로 급조하기도 했던 방학에서 아이들에게는 늘 꼼꼼히 챙겨 주던 방학이었다.

　방학 첫날이면, 컴퍼스로 둥그런 원을 그려서 만든 시간표를 벽에 자랑스레 붙여 놓았던 방학이었다. 그 다음 날부터 기상시간이 엇나가는 계획일지라도 다시 자신과의 약속을 지켜보겠다고 방학 내내 결심을 반복하였는데, 그것을 대물림하는 방학을 보면서도 어쩔 수 없이 웃고 말았던 그 시간도 모두 가버렸다.

어쩌면 내 인생의 방학이 다가왔는지도 모르겠다. 종종걸음으로 언제나 바삐 돌던 내 일상이 느릿느릿 갈 지(之) 자 걸음을 걸을 만큼 여유가 생겼다. 하던 일을 정리하고 허리수술 후 겪는 통증으로 행동의 제약을 받는 중이다. 그러나 하늘의 명을 즐거이 받을 줄 아는 지천명(知天命)의 나이라 하지 않는가. 달려온 일상에서 올 한 해 숨을 고르며 모처럼의 방학을 즐기고 있는 중이다. 그러나 이 방학이 무료한 날들이 되지 않으려고 무던히 애를 쓰기도 했다. 분주하던 그 시간이 설령 다시 올 수 없다 해도 지금의 이런 자유가 내 인생에 또 다른 시작으로 다가올 수 있으면 한다.

어차피 지나간 젊은 날은 다시 오지 않는다 했다. 흘러간 강물처럼…. 그러나 추억은 언제나 되살아나 웃음으로, 눈물로, 그리움으로 우리를 지켜 줄 것이다.

어릴 적 추억 속에 그 방학이 아닐지라도 올 한 해 긴 방학을 마치고 나면 내 인생의 새로운 학기가 시작되길 기대하면서 먼 추억여행에서 돌아왔다.

(2004.)

한국여인의 삶을 수(繡) 놓은
부덕(婦德)의 미학

鄭木日

(한국수필가협회 이사장, 한국문인협회 부이사장)

1.

   수필가 박남순의 수필집 원고 〈마음의 지기(知己)〉를 읽고 새삼 '여성의 삶', '가정', '가족' 이란 낱말들이 맴돌았다. 세상은 넓고 할 일은 많지만, 인생의 범주를 좁혀서 본다면 '가정과 가족'이 핵심이 아닐까 한다. 박남순의 수필세계를 이루는 것은 결국 자신의 삶의 체험일 것이고, 그 바탕은 여성으로서 가정이란 터전이 아닐 수 없다. 박남순 수필가의 가정에 바탕을 둔 삶의 전개 방식은 현대 여성들의 자유분방하고 개성적인 추구와는 달리 전통적인 부덕(婦德)의 계승과 실천에 두고 있는 듯 보인다. 그렇다고 의식적인 승계가 아니다. 자연스럽고 편안하게 삶속에 녹아들어서 체질적으로 부합한 모습이다. 가정의 핵심은 주부가 아닐 수 없다. 여성은 태어날 때부터 하늘이 부여한 생명성과 사랑을 지닌다. 여성의 위대함은 남성과는 달리 '자궁(子宮)'이란 생명의 궁전을 가진 점이다. 하늘이 준 이 은총으로 어머니가 되고 주부가 되어 가정의 중심점이 되는 것이다.

그러므로 모성애와 가족애는 삶의 바탕을 이루고 여성의 핵심이 된다. 박남순의 수필들은 거창하거나 유별나게 개성적인 색채를 드러내고자 하지 않는다. 주부로서 어머니로서 딸로서의 본질적인 역할과 소임을 다하면서 희생적인 사랑의 실천을 통해서 가정의 평화와 가족, 이웃 간의 조화와 삶의 미학을 창출해낸다. 다분히 고전적인 성향을 띄고 있지만, 눈에 조금도 거슬림이 없이 가정의 평온과 가족 간의 정다움을 꽃피워내는 슬기를 보여준다. 현대 가정에서 잘 볼 수 없는 부덕(婦德)의 체온과 향기는 가족들에게 평화, 사랑, 조화의 바탕이 되고 있음을 본다.

수필은 자신의 삶과 인생을 담는 그릇이다. 수필을 담는 그릇을 가지기 위해선 마음속에 자신의 영혼을 비춰 보이는 거울이 있어야 한다. 마음속 거울에 영혼이 비춰보이도록 닦아내야 한다. 이기 집착이라는 때, 화냄이라는 얼룩, 어리석음이란 먼지를 지워 내야 한다. 마음속에 샘이 있어서 고통, 갈등, 상처를 씻어내야 한다. 마음속에 종을 달아 두어서 양심의 종소리를 울릴 줄 알아야 한다. 그릇이 깨끗하고 정갈하지 않으면 어떤 것을 담아 놓아도 빛깔과 향기가 나지 않는다.

박남순의 수필을 읽어보면 하얀 무명옷 차림의 주부 상(像)이 떠오른다. 옷차림이 황홀 찬란하지 않다. 수수하고 소박한 가운데서 진실과 순수의 샘이 흘러넘친다. 어머니는 자신의 자궁을 통해 잉태시킨 자식들에게 무궁한 사랑을 베풀며 가정을 이끌어가는 존재로 가정이 곧 삶의 핵심이고 바탕이 아닐 수 없다.

박남순 수필의 주제와 소재는 특별, 기적, 웅대함에 있지 않고 대개 일상, 보통, 평범함 속에 있다. 사소함의 통찰을 통해 인생의 발견과 의미를 찾아낸다. 수필 쓰기란 사소함 속의 위대함, 평범함 속의 비범함, 보통 속의 특별함을 발견하는 일이다. 수필을 쓰면 마음의 정화, 평온, 치유, 깨달음을 느끼게 된다. 인생을 성찰하게 되며 인생을 보는 안목을 넓히는 계기를 마련해 준다. 수필을 쓰는 목적은 인생의 기록과 함께 인생에 의미와 가치를 발견하고 부여하는 일이다. 보다 가치 있고 보다 의미 있고 보다 아름다운 인생을 추구하게 이끈다.

현대여성들은 어느새 가정이란 둥지에서 벗어나 직업을 가지며 사회활동을 펼치고 있다. 가정보다도 사회활동과 직업에 더 많은 시간을 할애하며 자신의 길을 걷고 있다. 오늘의 여성들에게 전통 가정의 부덕과 삶을 실천하라고 할 수 없지만, 본받을 수 있는 덕목과 미학도 있음을 기억해야 한다는 점이다.

아파트에서 기르는 화분의 화초에게 물을 주는 손길과 퇴비 냄새가 나고 흙 묻은 손으로 마당에서 키우는 화초들에게 물을 주는 손길이 다를 것이다. 박남순의 수필에선 퇴비 냄새가 나며 그 속에 따뜻한 눈길의 사랑과 희생의 체온이 있음을 느낀다. 자비와 평화를 느끼게 하고, 순정하고 어진 눈을 가졌다. 손마디가 굵지만 섬세하고 자상한 체험의 지혜를 보여준다. 흔들리지 않는 신념은 뿌리 깊은 사랑에서 얻어짐을 말해준다. 박남순의 수필세계는 한국 여인들의 부덕의 계승과 미학을 보여주지만 현대 삶을 멀리 하는 것도 아니며, 장점을 근간으로 현대 삶과의 조화를 말해 준다.

2.

박남순 수필의 본모습은 그 가장자리에 '가정의 행복'과 '여성의 일생'이 자리 잡고 있다. 이것이 인생의 테마이며 수필에 있어서도 근간을 이루는 소재일 수밖에 없다. 자식들이 제각기 훌륭한 나무로 잘 자랄 수 있을까를 염원하며 지켜보는 삶, 남편을 잘

보좌할 수 있을까를 생각하는 것이 곧 자신의 삶이며 보람이라고
여기기도 한다.

나는 농부의 딸이다. 부모님은 약간의 논농사와 밭농사를 지으며 근
근이 살아 가셨다. 하늘만 쳐다보는 천수답을 가진 우리 집은 가뭄이
들 때면 양수기도 없던 시절이라 손으로 물을 퍼서 모내기를 하고, 그
논에 물을 대느라 아침저녁으로 고생을 하셨다. 가뭄에 타들어 가는
밭작물에 목을 축여줘야 할 때는 어린 나에게도 양동이에 물을 길어오
게 하셨다. 농지에 풀풀 날리는 흙먼지만큼이나 부모님의 마음도 타
들어 갔을 것이다.

올해의 가뭄을 보며 내 부모의 기도소리가 들려오는 듯하다. 가난하
고 조촐한 농부의 삶이지만, 늘 자식들에겐 화목한 모습을 보여주시려
애쓰시고, 언제나 뿌리 깊은 나무처럼 묵묵히 자연에 순응하며 살아가
셨다.

오늘 아침, 외출 준비를 마치고 아파트 현관을 바삐 나가다 말고 걸
음을 멈췄다. 경비 절감을 한다며 인력을 반으로 줄여 경비실이 비어
있는지 두어 달, 몇 해 동안 풍성하던 꽃밭을 주인처럼 돌보던 이가
자리를 비우고 가뭄까지 겹친 이중고에 꽃나무들이 축 처져 고사 직전
이다.

가던 길을 멈추고 빈 경비실에서 도구를 찾아 물을 흠뻑 주고 나니

꽃나무들이 차츰 숨을 몰아쉬고 있다.

볼 일을 마치고 들어오는 저녁시간, 그 꽃밭은 아침보다 조금은 생기가 돌고 있다. 메마른 땅바닥에 붙어버릴 듯 아이 한 뼘만큼 만 자란 봉숭아꽃이 간신히 몇 송이 꽃을 피워냈다. 연약하게 꽃대를 겨우 세운 백일홍도 애살스럽게 한 송이 꽃을 피워놓고선 고개를 떨구고 있다.

작년까지 호사를 누리던 꽃나무들이 애지중지 돌보는 손길도 없고, 주민들의 홀대와 날씨마저 보태주니 새들어진 모습으로 제 구실을 하느라 안간힘을 쓴다. 그나마 뿌리가 깊이 든 나무는 생기를 조금씩은 잃고 있어도 의연한 자태를 보이지만, 뿌리가 얕게 박힌 꽃나무는 하루하루를 어렵게 버티는 듯 보였다.

인간사도 다 그런 것이 아닌가 한다. 자신의 자리를 굳게 자리 잡은 사람과 언제나 바람 앞에 등불처럼 사는 사람도 있다.

책임의식, 주인의식은커녕 어려움이 닥치면 숨어버리고 나 몰라라 하는 비굴한 사람, 제 입장만 생각하고 나 아니면 안 된다고 우기는 독선자도 있는가 하면, 이도저도 아닌 구경만 하는 듯 보이는 방관자도 있다.

고난 속에서도 제 몫을 하겠다고 어렵사리 꽃을 피워내는 생명력이 새삼 경이롭다. 나와 다른 것은 틀렸다고 상대의 목소리를 도통 들으려 하지 않고, 이기심만 내세우며 와글와글 시끄러운 인간들의 무능함을 나무라듯 이 고난 속에서 서로 양분을 주고받으며 피워낸 여린 꽃을 보니 숙연해진다.

　문학이라는 동네에 아직도 튼실한 뿌리를 깊이 내리지 못해 마음이 공허한 요즘이다. 잰걸음을 잠시 멈추고 그 작은 요정들과 눈을 맞춰 본다.

　'너의 그런 단단하고 야무진 모습을 닮고 싶고, 아름다운 글로 사람들의 마음을 부드럽게 보듬고 싶고, 뜨거운 태양 아래서도 그늘을 만들 수 있는 뿌리 깊은 나무로도 자라고 싶다.'고 중얼거렸다.

　여린 꽃들이 나에게 말을 걸어온다. 언제나 깨어서 살란다. 지금보다 더 부지런히 세상을 밝은 눈으로 보라한다. 양분을 가득 담을 그릇을 갈고 닦으라 한다. 더 자주 명상하며 자신을 돌아보란다. 세상에 흩어진 빛나는 어휘를 소중히 모아올 맑은 마음과 밝은 눈과 순한 귀를 가지려 노력하란다.

－ 〈뿌리 깊은 나무〉 일부

　농부의 딸이며 작가로서의 시각을 보여준 글이 〈뿌리 깊은 나무〉이다. 농사를 지어본 사람과 지어보지 못한 사람은 꽃이나 나무에 대한 인식과 사랑이 차이가 날 게 분명하다. 꽃과 나무를 바라만 보는 사람과 키워본 사람의 '좋다'는 관점은 동감(同感)일 수만은 없다. 땅이나 화분 속에 퇴비를 넣고 씨앗을 흙속에 묻어 놓는 것만으로 되는 게 아니다. 꽃과의 만남을 생각하면서 싹이 돋을 때까지 기다림의 시간이 필요하다. 흙속에서 싹이 돋아나면 지주 대를 세워주고 날마다 물을 주면서 커가는 과정을 살펴야 한다. 한 줌의 햇살과 한 줌의 바람, 한 줄기 물의 은혜를 알아야 한다. 오랜 기다림의 끝에서 마침내 꽃망울을 터뜨렸을 때의 아름다움과 환희를 목도하여야 한다.

경비 절감을 위해 아파트 경비원을 줄이는 경우가 늘어나고 있다. 이로 인해 텅 빈 경비실 곁의 화단에 물을 주고 꽃과 나무를 돌보는 사람이 없어서 제대로 관리가 되지 않는 상황을 안타깝게 여긴 작가가 화초에 물을 주면서 꽃을 피워낸 체험을 담아낸 글이다. 농부의 딸이기에 이런 시도를 할 수 있었을 것으로 생각된다. 가뭄과 척박한 환경의 고난 속에서도 꽃을 피워내는 식물의 생명력에 경이를 느끼고 있다.

이 작품은 작가는 아파트 화단의 화초에 물을 주며 꽃을 피워낸 체험만을 그리고자 한 게 아니다. 한 송이 꽃을 피워낸 체험을 통해 한 사람의 작가로 어떻게 문학의 꽃을 피워낼 것인가를 결부시켜 인생적인 발견과 깨달음을 담아 놓았다는 데서 수필의 경지를 보인다.

농부의 딸로 태어나 자연 속에서 자란 작가는 자연 친화와 자연 대화를 통한 생명성과 한 송이의 꽃을 피우기 위한 과정과 노력과 기다림을 스스로 터득하고 있다.

3.

박남순 수필가는 자연친화적인 소재와 기행수필을 선보이기도 한다. '가정'이란 카테고리에서 벗어나 체험공간을 확대하고 시각을 넓히기 위한 작가 나름대로의 노력을 기울이고 있음을 보여준다. 독서와 박물관 관람 등도 좋은 방법이다. 이명박 대통령시절에 열렸던 중앙국립박물관의 〈실크로드와 둔황전〉은 많은 관심과 관람자들의 호평을 얻어낸 바 있었다. 그 전시회의 하이라이트는 둔황의 막고굴 17호 굴에서 발견된 혜초의 〈왕오천축국전〉이었다. 한국문학의 효시로 삼고 있는 이 책은 발굴 당시 프랑스인 펠레오 탐험가가 구입하여 가져가 프랑스국립박물관에 보관돼 있는 것을 한 두루마기만 빌려와 전시한 것이다. 한국인의 작품인 왕오천축국전이 처음으로 한국에서 선을 보이게 된 뜻 깊고 감격적인 전시여서 국민적인 관심을 끌었다.

〈감성의 샘〉이란 작품은 〈왕오천축국전〉을 친견하고 느낀 감회를 쓴 수필이다. 한국문학 최초의 작품으로 불리는 〈왕오천축국전〉을 보고 수필가로서의 길을 생각하고 있다.

지난 봄 국립박물관에서 열렸던 〈실크로드와 둔황전〉의 '막고굴'을 떠올리며 이곳을 감히 나만의 '막고굴(幕高窟)'이라 여기며 명상과 감성을 지켜내는 곳이다.

신라시대 혜초스님의 기행문인 〈왕오천축국전(往五天竺國傳)〉이 1300여년 만에 귀향했다고 하여 서둘러 가 보았다. 우리민족 최초의 세계인인 혜초스님이 당나라를 거쳐 다섯 개의 천축국인 지금의 인도와 페르시아, 중앙아시아를 4년여를 여행하며 남긴 세계 최고수준의 견문록을 볼 수 있음은 큰 감동이었다. 그 귀한 유산은 프랑스 학자 펠레오의 탐험의 대가로 프랑스가 보관하고 있지만 그래도 혜초스님이 남긴 우리민족의 유산임에는 변함이 없으니 자랑스럽기 그지없다.

폭 42cm, 길이 358cm이고 필사본인 227행의 5,893자가 남아있다고 한다. 기록엔 가는 곳마다의 정치, 경제, 문화, 풍습 등이 기록되어 마르코폴로의 〈동방견문록〉과 함께 최고의 기행문을 볼 수 있음에 가슴이 두근거렸다.

난생처음 일행도 없이 꼼꼼히 전시회를 돌면서 이런 귀한 유물이 발견된 둔황의 '막고굴(莫高窟)'에 관심이 갔다. 인도의 석굴사원을 본떠 만들었다는 막고굴은 실크로드의 요충지인 둔황에 무수히 많다고 한다. 〈왕오천축국전〉이 발견된 굴은 17호굴 장경동에서 발견되었는데, 다른 막고굴에서는 수많은 불상과 불화, 흙인형과 벽화, 금장식물 등이 출토되었다 하였다.

1600년 전 사람들은 고원 사막에 굴을 파고 그곳에서 왜 생을 마감하였을까. 신앙의 마무리였을까. 예술의 마지막 혼을 불태운 것일까.

그 막고굴은 천불동(千佛洞)이라고 하는 걸 보면 불교문화의 보고인 셈이다.

전시회장 한편에 만들어 놓은 모형 막고굴에 들어가 본다. 그 굴에서 일생을 마감했던 구도자의 모습과 예술가의 모습을 상상해 보며 그들의 영혼을 느껴보고 싶어 언젠가 둔황에 가보고 싶다는 생각을 해보았다.   (중략)

인간은 살면서 가끔은 자신을 돌아보는 시간을 갖기 마련이다. 신앙심을 가졌다면 자주 그런 시간이 있을 터이고, 무신론자라 해도 인간에게 주어진 양심이라는 잣대를 가지고 자신을 점검하게 되리란 생각을 한다. 또한 예술가들은 작품에 몰입하면서 영혼의 울림을 느껴야만 좋은 작품을 탄생시킬 수 있을 테니 자신을 자주 볼 수 있지 않을까 한다.

수도자로 일생을 마감할 수는 없더라도 명상과 기도의 장소로 또한 감성의 샘을 파는 곳으로 자신만의 장소가 있으면 좋겠다는 생각을 해본다.

– 〈감성의 샘〉 일부

〈감성의 샘〉에서 박남순은 한 사람의 수필가로서 '수도자로 일생을 마감할 수는 없더라도 명상과 기도의 장소로 또한 감성을 파는 곳으로 자신만의 장소가 있다면 좋겠다는 생각을 해본다.'라고 토로한다. 그 장소는 둔황의 막고굴 같은 공간을 말한다. 필자가 실크로드 탐방 때에 둔황의 막고굴을 보고는 많은 생각에 잔긴 적이 있다.

막고굴은 사막의 사암으로 이뤄진 언덕 위에 있었다. 사암의 언덕에 한 사람씩의 미술작가들이 굴을 파서 그 지하 공간에 거처하면서 벽면에다 불화를 그려 장식하고 불당(佛堂)을 조성했다. 막고굴을 파서 작업 공간을 마련하는 것이란 남은 인생을 오로지 한 가지 일에 바친다는 의미이다. 미술가들은 하나씩의 굴을 파고 들어앉아 밤낮으로 불상을 만드는 일과 불화를 그리는 일에 매달렸다. 어떤 미술가들은 일생동안 심혈을 쏟아 오로지 자신의 굴을 불교미술의 정화로 피워 놓기도 하고, 아쉽게도 병들어서 굴속에서 죽음을 맞는 사람들도 있었다. 굴속은 어둠 속이었고 고독하기 그지없는 공간이었다. 미술작가에겐 마지막 생존 공간이요 자신의 뼈를 묻어야 할 임종 터가 될 수도 있었다. 인간이 '부처'를 만들고 그리려면 먼저 깨달음을 얻지 않으면 불가능한 일이었다. 굴은 예배 처이자 깨달음의 공간으로 바꾸지 않으면 안 되었다. 자신이 하고자 하는 일이 어두컴컴한 굴속을 황금빛의 불상을 안치하고 벽마다 불화를 그리는 일이었다. 이런 일이야 말로 속세를 극락으로 바꾸는 일이 아닐 수 없었다. 인간의 힘으로 극락을 완성하는 일은 영감과 지극정성과 수많은 실수를 거쳐서 마침내 실현될 수 있는 꿈이었다. 막고굴의 작가들은 이 일에 생명을 걸었다. 굴속은 어둠이었기에 작업을 하기 위해선 큰 거울을 동원하여 햇빛을 굴속으로 비춰 들게 한 다음 짧은 순간에 기도 끝에 떠오른 영감에 의지하여 불화를 그려나가는 작업을 지속하곤 하였다. 이 일은 생명을 건 작업이기에 일생을 막고굴에 바칠 각오로 모든 열정을 다 쏟아 작업에 임했다. 200여 개의 막고굴이 있었지만, 지금 남아있는 것은 절반 정도이고 오랜 세월 속에 퇴색되고 파손되어 온전히 남아 있는 것은 소수에 불과하다. 막고굴 17호굴에서 어떤 경로로 한국 최초의 문학작품으로 일컬어지는 혜초의 〈왕오천축국전〉이 보존돼 있었던 것인지 풀리지 않은 수수께끼로 남아 있다.

박남순 수필가가 '막고굴' 같은 감성 공간을 갖고 싶다는 희망은 수필가로서의 본격적인 구도와 정진의 탐구력을 쏟고 싶다는 의지를 표명하고 있다. 막고굴은 작가들에게 자신이 걸어가야 할 마지막 숭고한 몰두이자 완성을 향한 길이 아닐 수 없다. 수필가로서의 진지함과 투철한 의식의 발로를 선명히 보여주고 있다.

4.

박남순 수필가는 농부의 딸로 농경정서를 지닌 사람으로 한국의 전통의식과 생활율을 지녔다. 주부, 어머니, 할머니로서의 역할에 충실하면서 수필쓰기를 통해 깨어있는 정신으로 삶을 성찰하고 인생의 의미와 깨달음을 꽃 피워내려 한다. 이런 삶의 발견과 식지 않은 열정이 일상을 진지하고 새롭게 만들면서 그가 발견하고 얻은 온화, 평온, 슬기, 조화가 독자들에게 위로와 용기를 불어넣는 요소가 되고 있다. 평범함 속에서 발견하는 비범, 사소함에서 묻혀 있는 금싸라기 같은 의미, 무덤덤한 것처럼 보이는 일들에서 문득 깨달아지는 이 순간의 소중함, 그냥 스치고 말 가정의 일들에서 얻어지는 사랑의 온도를 전해준다. 수필쓰기는 찬란하거나 성공담이라기보다 일상의 발견이며 남이 아무렇지 않게 생각할 수 있는 일과 시간에 나만이 발견하고 느낄 수 있는 자각의 아름다움일 수 있다.

오늘 모처럼 홀가분하게 이 길을 가고 있다. 예전처럼 걷는 것은 아니라도 차 안 가득 가을 햇살의 따스함을 담고서 유유히 자동차를 몰아간다. 오늘따라 운전하는 재미가 새록새록 나는 건 아마 혼자서 여유롭게 추억의 길을 달려서일 것이다.

6·25 때 사망한 사람들을 합동으로 묻었다하여 공포감에 걸음걸이가 언제나 빨라졌던 곳, 친구를 만나서 함께 노래를 부르며 걸어 온적이 있는 길, 친구와 석별의 정을 나누기도 했던 길, 다음 모퉁이만

지나면 친정집이다.

　중학교 시절, 이쯤에서부터 자전거 타는 연습을 아버지와 함께 했었다. 아버지는 박씨 집성촌인 동네에서 엄하면서도 인자한 분이셨고, 동네 대소사(大小事)를 의논하려는 친척들의 발길이 잦았던 어른이셨으나 유독 막내인 나에게는 후하셨다. 그 시절에는 자전거도 여자들이 함부로 탈 수 없었는데도 달밤에 모험을 했다. 그러다 무릎이 엉망이 되어 돌아온 그 다음날 아버지께서는 이 곧은 신작로로 데려와서 자전거 뒤를 잡아주셨다. 그 후 나는 자전거 타기를 즐기는 별난(?) 여학생이었다.

　몇 년 후 다리를 다쳐 객지에서 고생을 하다 전보를 쳤더니 그날로 아버지가 달려 오셨다. 그 전날 읍내 자전거포에 맡겨진 아버지의 낡은 자전거에 걸터앉아 십 리가 넘는 이 길을 아버지의 등에 의지하여 집으로 왔다. 그때 아버지의 등이 얼마나 크고 편안하고 따스했는지, 지금도 그 온기가 느껴지는 듯하다. 이 세상 험한 풍파를 다 막아 주실 것 같던 크고 넓은 등과 어깨는 어느 날 좁디좁은 어깨의 위암 환자가 되어 이 세상을 떠나셨다. 막내딸의 손을 잡고 신식 결혼식 입장하신다더니 참 바삐도 가셨다.

신작로 따라 옛 생각에 취해 친정집에 도착하니 오빠 내외가 변함없이 반기신다. 아버지가 즐겨 말씀하시던 옛이야기 중 한 대목이 생각났다. "시집간 딸 친정집에 오면 짭짤한 것은 감추란다고 어느 부인이 소금 항아리 들고 숨었다."는 이야기를 회상하며 한바탕 웃었다.

몇 시간 후면, 오빠내외가 챙겨주는 곡식과 채소 등을 차 트렁크에 하나 가득 정을 담아 신작로를 따라 다시 내 생활 속으로 돌아갈 것이다. 언제나 원하면 닿을 수 있고 가질 수 있는 행복이지만 간혹 잊고 살 때도 있다. 너무 쉽고 편해서 귀한 줄을 모르기 때문이다.

듬뿍 가지고도 더 채울 것을 목말라 하고, 늘 누리며 살면서 고마운 줄 모르고, 남의 행복을 끝까지 기뻐해 주기보다 나의 아픔만 큰 고통이라는 것은, 처음 신작로가 생기고 아스팔트가 깔렸을 때의 그 고마움을 이젠 잊고 사는 것과 같으리라.

아스팔트 깔린 신작로로 달리는 차바퀴 소리가 경쾌하다.

- 〈신작로〉의 일부

〈신작로〉는 친정집과 연결되는 그리움의 길이다. 농촌에 친정집이 있는 사람은 친정 나들이가 자연 정서와 추억으로 통한 길이 된다. 맞아주는 부모가 있고 고향 산천이 있다는 건 흥겨운 일이다. '신작로'는 변화를 말해 준다. 시대와 삶의 구조와 방식이 달라짐을 알려준다. 전통의식과 농경시대의 인간관계와 삶의 의식이 빠른 속도로 변해감을 보여준다.

오늘날 모든 길들은 신작로로 변한 지 오래 되었다. 고속열차의 운행으로 어느새 고속시대에 진입돼 있음을 느낀다. 속도에 뒤떨어지면 경쟁에서 낙오하고 만다. 숨 가쁜 고속시대일지라도 인생엔 속도 조절이 필요하다. 휴식과 더불어 느림의 미학도 요청된다. 수필문학은 작가의 인생 체험을 통한 휴식과 음미와 반추로써 맛과 멋과 흥을 느끼고 깨달음을 공유하는 계기를 만들기 위한 것이 아닐까.

수필가 박남순의 수필에선 지순하고 소박함 가운데 서두르지 않는 안정과 휴식과 인정의 정겨움이 있다. 독자들의 마음을 쓰다듬어 주는 어머니의 손길이 있다.